체리의 비밀 쇼핑몰
청소년 성장소설 십대들의 힐링캠프, 자존감

[십대들의 힐링캠프®] 시리즈 NO.83

지은이 ㅣ 이설
발행인 ㅣ 김경아

2025년 2월 21일 1판 1쇄 인쇄
2025년 2월 28일 1판 1쇄 발행

이 책을 만든 사람들
책임 기획 ㅣ 김경아
기획 ㅣ 김효정

북 디자인 ㅣ KHJ북디자인
표지 삽화 ㅣ 함희정
경영 지원 ㅣ 홍종남
기획 어시스턴트 ㅣ 한선민, 박승아
제목 ㅣ 구산책이름연구소
책임 교정 ㅣ 이홍림
교정 ㅣ 주경숙, 김윤지

종이 및 인쇄 제작 파트너
JPC 정동수 대표, 천일문화사 유재상 실장

청소년 기획위원
정가인, 양태훈, 양재욱

펴낸곳 ㅣ 행복한나무
출판등록 ㅣ 2007년 3월 7일. 제 2007-5호
주소 ㅣ 경기도 남양주시 도농로 34, 301동 301호(다산동, 플루리움)
전화 ㅣ 02) 322-3856 팩스 ㅣ 02) 322-3857
홈페이지 ㅣ www.ihappytree.com ㅣ bit.ly/happytree2007
도서 문의(출판사 e-mail) ㅣ e21chope@daum.net
내용 문의(지은이 e-mail) ㅣ snowysullee@gmail.com
※ 이 책을 읽다가 궁금한 점이 있을 때는 지은이 e-mail을 이용해 주세요.

ⓒ 이설, 2025
ISBN 979-11-94010-09-8   (43810)
"행복한나무" 도서번호 : 188

차례

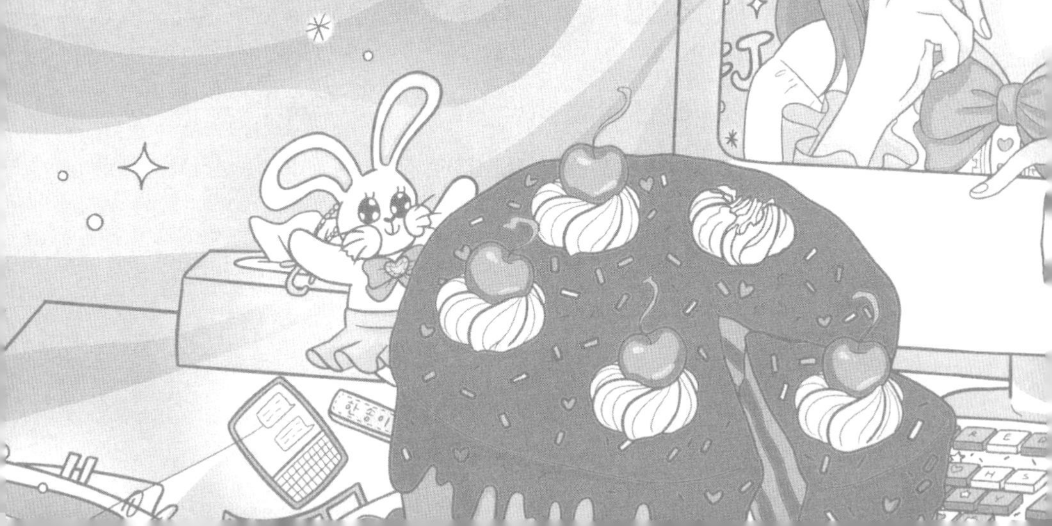

등장인물

한송이 "못생긴 건 죄가 아닌데, 왜 죄를 지은 것 같지?"

얼굴도 성격도 성적도 평균 이하인 소녀. 어느 날 캐리체인
비밀 쇼핑몰에 초대되면서 머리부터 발끝까지 싹 다 바꾸고
인기녀로 등극하는데…. 어라? 일이 점점 꼬이기 시작한다.

방주희 "요즘은 예쁜 사람이 성격도 좋대. 에이~ 내가 뭐가 예뻐!"

한때 송이의 절친. 평범한 외모였지만 성형으로 환골탈태한
다. 예쁜데 성격 좋은 콘셉트(?)로 잘나가는 무리에 합류하지
만 친구들 비위를 맞추는 게 여간 어렵지 않다.

장유리 "해외여행? 방학마다 가는 거 아냐? 피곤하다고? 택시 타자!"

대한민국 굴지의 기업 명진건설의 손녀로 금수저 중에 금수저. 성격도 밝고 외모도 예뻐서 인기가 많지만 세상 물정을 몰라도 너무 몰라. 이따금 친구들에게 상처를 주기도 한다.

임서아 "세상에서 제일 싫은 게 인간이야. 끝도 없이 비겁하고 끝도 없이 멍청하거든."

부반장이자 또래 상담부 부회장. 차분하고 어른스러운 성격으로 친구들의 마음을 잘 헤아리지만 부모님의 이혼으로 인한 상처가 깊어 사람을 쉽게 좋아하지 않는다.

보스 체리 "나는 소문이야. 환상이고 거짓이지. 나는 곧 너야."

비밀 쇼핑몰 캐리체인의 운영자로 알 수 없고 묘한 존재. 모든 일의 시작점이다.

내 이름은 보스 체리

인간의 욕심은 끝이 없다는 말, 들어본 적 있지? 인간은
어리석은 실수를 반복한다는 말도. 만약 들어본 적 없다면
이제 보게 될 거야. 인간이 얼마나 어리석고 또 재밌는지를
말이야. 내가 누구냐고?

내 이름은 보스 체리. 캐리체인 쇼핑몰의 운영자지.

캐리체인 쇼핑몰에선 아주 재미난 걸 팔아. 얼굴, 몸매, 성
격, 능력, 그리고 환상. 모두가 꿈꾸지만 아무나 이룰 수 없

는 것들을 아주 작은 대가만 치르면 얻을 수 있지. 내 정체가 궁금하다고? 흠, 글쎄~ 난 말이야. 유령일 수도 있고, 요괴일 수도 있어. 사람일 수도 있고, 사람이 아닐 수도 있지. 모든 걸 드러낼 수도 있고, 모든 걸 감출 수도 있어. 그런데 내 정체보다 중요한 건 따로 있을지도 몰라. 그러니까 내 말은 나보다 네가 더 중요하단 거야.

말해봐. 너는 누구니?

좋아. 너를 내 예비 고객 리스트에 올려놓을게. 너도 아마 내 쇼핑몰을 마음에 들어 할 거야. 지금까지 단 한 번도 본 적 없는 쇼핑몰일 테니까.

여기 내 쇼핑몰에 빠진 단골이 한 명 있어. 너희와 비슷한 또래일 거야. 이제 막 고등학생이 되었지. 이름은 '한송이'. 장미 한 송이가 떠오른다고? 맞아. 진짜 장미 한 송이일지도 몰라. 그게 장미의 아름다움일지, 따가운 가시일지는 아직 잘 모르겠지만.

이제 송이의 이야기를 네게 들려줄게. 꽃다운 나이에 인생이 망했다고 하는 이 아이에겐 대체 무슨 일이 있었던 걸까? 시간을 조금 앞으로 돌려보자. 꽃이 만개하던 봄날, 해화 고등학교 입학식이 막 끝나려던 참이야.

10

이번 생은 망했어

"송이야!"

1학년 3반 교실 맨 앞자리에 앉아 있던 송이는 자신의 이름을 부르는 소리에 고개를 홱 돌렸다. 아무도 없다. 이상하다. 분명 내 이름이었는데?

곧 그 소리의 출처는 송이가 전혀 모르는 다른 학생의 입에서 나왔다는 걸 알게 됐다. 긴 생머리의 소녀가 곱슬머리 소녀에게 "성희야!"라고 소리치며 어깨동무했다. 저 곱슬머리 소녀의 이름이 성희였나 보다. 송이는 괜히 시무룩해져서 고개를 돌렸다.

'아는 사람이 있다니 부럽다.'

고등학교에 입학한 지 이제 막 세 시간이 지났는데, 학교를 떠나고 싶어진다. 아는 사람이 아무도 없기 때문이다.

솔직히 말하면 아무도 없는 건 아니다. 딱 한 명 있긴 하다. 유치원 때부터 단짝이었던 주희가 이 학교에서 유일하게 아는 사람이었다. 송이는 주희와 같은 학교에 같은 반까지 된 걸 알았을 때 너무너무 기뻤고, 동시에 안심했다. 외톨이는 안 되겠구나. 역시 행운의 여신은 내 편이야! 히히히. 그러나 개학 첫날인 오늘, 아무리 기다려도 주희는 나타나지 않았다. 아까 체육관에서 입학식을 할 때도 보이지 않았고 반에 들어왔을 때도 없었다. 이상하다. 어디 아프기라도 한 걸까. 송이는 아무런 답도 없는 톡 화면을 들여다보았다.

☐ 방쭈! 어디야? AM 8:10

☐ 방주희 너~~ 설마 입학식부터 지각인 거냐? AM 8:47

☐ 야 나 심심해. 빨리 와. AM 9:22

☐ 혹시 무슨 일 있는 건 아니지? AM 11:23

톡 옆의 1도 사라지지 않았다. 읽지도 않다니. 주희가 이렇게 오랫동안 묵묵부답인 건 처음이다. 송이는 화면을 끄고 한숨을 푹 내쉬었다. 새 학기 첫날이 얼마나 중요한데…. 이러다가 친구 한 명도 못 사귀는 거 아니야? 아냐, 한송이. 그런 생각하지 말자. 친구야 사귀면 되지!

송이는 용기를 내고자 주먹을 불끈 쥐었다. 송이는 부끄러움을 많이 타는 성격이지만 한번 친해지면 유쾌하고 재밌는 아이였다. 그래, 첫 만남이 어렵지, 나랑 얘기 나눠보면 다 날 좋아할 거야. 송이는 벌떡 일어나 말 걸 친구를 찾았다. 하지만 이미 모두가 삼삼오오 짝을 이루어 떠드는 중이라 끼어들 틈이 보이지 않는다. 그때 맨 뒤 창가 자리에 모여 깔깔거리는 여자애들이 보였다. 딱 봐도 핵인싸들이었다.

부드러운 웨이브 머리의 여자아이는 디올 로고가 그려진 머리띠를 하고 있었고 그 옆의 풀 뱅 앞머리의 긴 생머리 여자아이는 차가운 인상을 풍겼지만 카리스마 있어 보여 멋있었다. 그 옆의 밝은 갈색으로 염색한 파마머리의 여자아이는 화장을 떡칠해 좀 우스꽝스럽긴 하지만 상냥하고 성격 좋아 보인다. 좋았어. 가서 말을 걸어보자. 하지만 곧 송이는 걸음을 멈추고 생각했다.

'아냐. 쟤네가 나 같은 애랑 왜 놀겠어.'

예쁘고 화려하고 멋있는 저 아이들에 비해 자신은 한없이 평범하고 못나 보였다. 짧게 깎은 손톱, 맞지 않는 큰 교복, 주먹코에 두툼한 눈두덩이. 저 아이들과 있으면 송이의 콤플렉스가 두드러질 게 뻔했다. 송이는 발길을 돌려 다른 사람을 찾았다. 그때 송이처럼 혼자 있는 여자아이가 보였다. 송이는 걸음을 그쪽으로 옮기려다 잠깐 멈췄다.

'으, 가까이서 보니 냄새날 거 같이 생겼네. 머리 감은 거 맞아?'

까치머리를 한 여자아이는 이어폰을 낀 채 핸드폰만 바라보고 있었다. 살은 뒤룩뒤룩 쪘고 눈 밑엔 다크 서클이 반달만 했다. 왜 혼자 있는지 알 만하다.

'아~ 이러다 진짜 왕따 되면 어떡하지?'

전전긍긍하는 사이 담임선생님이 돌아오셨고, 송이는 자리에 앉을 수밖에 없었다.

"미안~ 출석부를 화장실에 두고 왔는데 교무실에서 찾았지 뭐야~."

왠지 모르게 백치미를 풍기는 여자 선생님이 깔깔거리며 웃었다.

"내 이름은 백하얀이야! 국어 담당이고 담임은 올해 처음이란다."

담임은 아이들을 둘러보더니 다들 예쁘고 잘생겼다며 너
스레를 떨었다. 대답하는 아이는 아무도 없었다.

"이제 출석을 부를게. 강승민, 고다미, 김연지, 나혜인, 박
종찬!"

송이는 어차피 맨 마지막에 불릴 게 뻔해서 잠시 멍을 때
리고 있었다. 늘 이랬다. 작은 키 때문에 자리는 맨 앞, 이름
은 성 때문에 맨 끝. 그런데 바로 그때 송이의 뒤통수를 탁 때
리는 익숙한 목소리가 들렸다.

"방주희~"

"네!"

네? 네에~~? 주희가 학교에 왔다고?

송이는 소리가 들린 쪽으로 얼른 돌아보았다. 아까 봤던
걔다. 밝은 갈색 머리에 파마기가 있던 예쁘장한 소녀. 그런
데 생글생글 웃는 눈웃음에서 보였다. 내 단짝 주희의 하회
탈 눈매가!

"야! 너!"

송이는 자기도 모르게 주희를 향해 소리쳤다. 그러자 주희
의 얼굴이 순간 일그러지더니 금세 다시 표정을 바꾸고 생긋

웃는 게 아닌가.

"나? 왜?"

모두가 일제히 주희와 송이를 바라보았다. 송이는 시선을 의식하고 아무 일도 없는 척 고개를 돌렸다. 아이들이 웅성 거리자 담임이 첫날이라 긴장했나 보다, 하면서 상황을 무마 했다.

송이의 가슴이 쿵쾅쿵쾅 뛰었다. 이럴 수가. 저 애가 방주 희라고? 내가 알던 얼굴이 아닌데? 이름만 똑같은 건가? 아 냐. 분명 주희도 1학년 3반이라고 했어. 그렇게 흔한 이름도 아닌데 학교랑 반까지 같다고? 설마, 설마….

잠시 혼란스럽던 송이는 그제야 모든 게 이해됐다. 왜 주 희가 방학이 되자마자 만날 수 없다며 잠수를 탔는지. 왜 영 상통화를 걸면 거부했는지. 바뀐 프로필 사진 속 마스크를 쓴 채 찍은 필터 범벅 셀카가 사실은 강남 어느 유능한 의느 님의 손길이었다는 것까지.

'비겁한 년!'

송이는 분해서 씩씩거렸다. 옆자리에 앉아 있던 용우가 그 런 송이를 수상하다는 듯 바라보았다.

'나한테 말도 안 하고 성형을 해? 게다가 날 모른 척했겠

다?'

송이는 입학식이 끝나자마자 주희에게 따질 생각이었다.

"자, 오늘은 첫날이니까 여기까지만 하고 다들 집에 조심히 돌아가렴~"

담임이 아이들에게 손을 흔들며 인사했지만 아이들은 신경도 쓰지 않고 바로 시끄럽게 떠들어댔다. 그 사이에 송이는 하교하는 아이들을 헤치고 주희에게 다가갔다.

"야! 방주희!"

송이가 주희의 어깨를 붙잡자 주희는 화들짝 놀라 손을 뿌리쳤다.

"엄마야!"

"뭐야 너?"

아까 봤던 차가운 카리스마녀가 송이의 앞을 가로막았다. 하필이면 키도 커서 한참을 올려다봐야 했다. '임서아'. 송이는 그 애의 이름표를 힐끗 본 뒤 다시 주희에게로 눈을 돌렸나. 디올 미리띠를 한 소녀는 그런 송이를 흥미롭게 바라보는 중이었다. (그 아이의 이름은 '장유리'였다.)

"너 왜 나 모른 척해? 너 유치원 때부터 내 단짝 방주희 맞잖아!"

송이가 울분을 토했지만 주희는 시치미를 뚝 뗐다.

"어, 미안한데, 내가 네 단짝은 아니지 않나…?"

주희의 말에 송이의 심장이 덜컹 내려앉았다. 뭐라고? 내가 네 단짝이 아니라고? 그럼 우리의 10년 우정은 뭐가 되는 거야? 나랑 돈 모아서 샀던 우정 반지는 뭐고? 같이 인생 네 컷 찍으면서 '우리 우정 뽀에버'라고 쓴 건 다 뭐냐고!

하지만 송이의 입 밖으로는 이런 말이 한마디도 나오지 않았다. 그저 놀라고 분하고 서러워서 눈물만 글썽일 뿐이었다.

"어머, 미안해. 기분 나쁘라고 한 말은 아니었는데, 그냥 너 혼자 착각할까 봐. 같은 유치원을 다닌 건 맞지만 우리가 그렇게 친했었는지는 잘…."

주희가 눈썹을 찌푸리며 안쓰러운 미소를 지었다. 그 표정이 너무 낯설었다. 주희는 늘 뻐드렁니를 드러내며 괄괄거리고 웃었는데, 지금 저 표정은 전혀 내 친구 같지 않다. 송이의 다리에 힘이 탁 풀렸다. 흔들리는 동공은 어디로 향해야 할지 몰랐고, 어지러운 마음은 어디에 쏟아야 할지 알 수 없었다. 지금 송이가 할 수 있는 건 그저 터덜터덜 자리로 돌아가 가방을 챙겨서 집에 가는 것뿐이었다.

'누가 날 상대로 몰래카메라라도 찍는 건가?'

송이는 가방을 챙기다 말고 의자에 주저앉았다. 뒤에서 수군거리는 소리가 들린다.

"유리네랑 친해지고 싶었나?"

"설마~ 쟤도 눈이 있으면 지 주제를 알겠지."

날선 말들이 정확히 송이의 가슴팍에 내리꽂혔다. 이윽고 모두가 교실을 나가고 송이 홀로 남았다. 창 너머로 따사롭게 햇빛이 내리쬐었다. 하늘은 맑고 푸르다. 집으로 향하는 아이들의 발걸음도 더할 수 없이 가벼웠다. 송이는 물끄러미 창밖을 바라보다 중얼거렸다.

"망했다."

이번 생은 망했어. 진짜 망했어. 나처럼 끔찍한 인생을 사는 사람은 없을 거야. 공부도 못하고, 예쁘지도 않고, 키는 난쟁이 똥자루만 하고, 유일한 절친은 나를 버렸고, 다른 애들한테도 찍혔어. 안 그래도 더러운 성격은 더 더러워질 거고 나는 행복할 수 없을 거야. 나는 이제 끝이야.

송이의 눈에 눈물이 차오르다 끝내 주르륵 흘러내렸다.

모두의 교실, 닉네임 백짬뽕

"아, 학교 안 간다니까!"

송이는 이불을 뒤집어쓰고 꽥 소리 질렀다. 곧 엄마의 매운맛 터치가 들어올 거라는 걸 알면서도 매일 아침이면 이렇게 전쟁이다.

"한송이! 얼른 안 일어나!"

"아야!"

오늘은 어제보다 좀 더 둔탁한 것이, 엄마가 도구를 들었나 보다. 어렴풋이 보니 주걱이었다. 송이의 등짝에 밥풀이 두 톨 정도 묻었다.

"진짜 왜 이래! 학교 가기 싫다니까!"

"너야말로 진짜 왜 이러니? 학교는 가야지!"

두 사람은 씩씩거리며 서로를 바라보았다.

"하여튼 아주 그냥 지 애비 성격을 꼭 빼닮아서 황소고집 똥고집이야!"

"난 엄마 닮았거든? 그러니까 이렇게 못생겼지!"

"어머머~? 네가 왜 못생겨. 엄마 닮았으니 이렇게 꽃같이 이쁘지!"

"내가 무슨 꽃이야! 다들 나보고 호박 닮았대!"

송이는 다시 이불을 뒤집어쓰고 쥐며느리마냥 몸을 동그랗게 말았다.

"참나. 이렇게 예쁜 호박 있으면 어디 나와보라 그래!"

"그냥 좀 나가!"

"잔말 말고 얼른 나와. 너 좋아하는 갈비찜 했으니까."

갈비찜? 송이는 혹했다. 웬일로 엄마가 갈비찜을 했지?

송이는 엄마가 나가자 슬그머니 일어났다. 난다. 달콤하고 고소한 고기 냄새가. 송이는 저도 모르게 일어나 부엌으로 향했다.

아침 식탁이 한 상 가득 차려져 있었다. 갈비찜에 보리굴

비, 잡채에 미역국까지. 잠시만, 미역국? 거실에 걸려 있던 달력을 보았다. 아뿔싸. 오늘 엄마 생일이지?

엄마는 송이의 자리에 수저를 놓더니 찌릿 노려보았다.

"그렇게 깨워도 안 일어나더니 갈비찜 했다니까 쪼르르 튀어나오네."

송이는 민망해서 눈곱만 떼고 자리에 앉았다. 곧 출근 준비를 마친 아빠도 나오자 세 식구는 식탁에 빙 둘러앉아 미역국을 홀짝였다.

"이따 저녁에 뭐 먹을까?"

엄마가 넌지시 묻자 아빠는 어제 시켜 먹고 남은 족발이 있지 않냐고 말했다. 아빠도 참 무신경하지. 송이가 아빠의 허벅지를 슬쩍 꼬집었다.

"아야! 왜 그래?"

송이가 달력을 눈짓했다. 그제야 아빠도 눈치챘나 보다. 인정할 수밖에 없다. 송이의 성격은 아빠를 닮았다. 황소고집 똥고집에 눈치도 없고 참 둔하다.

"아 참, 당신 오늘 생일이지? 저녁은 외식하자."

아빠의 말에 엄마는 살쾡이처럼 눈을 떴다. 그런 건 미리미리 생각했어야지, 하는 표정이다.

송이는 오늘만큼은 엄마의 심기를 건드리지 않고자 밥을 뚝딱 해치우고는 학교 갈 준비를 마쳤다. 그동안 모아뒀던 용돈이 얼마 남았는지도 세어보았다. 돈 쓸 일이 별로 없어서 그런지 꽤 남아 있었다. 이따 선물이라도 사야겠다. 송이는 지갑을 챙기고 집을 나섰다.

학교로 들어서는 길, 송이는 핸드폰만 바라보며 걸었다. 주변을 둘러보니 대부분의 학생들도 핸드폰만 쳐다보고 있다. 그런데 다들 똑같은 화면인 게 아닌가.

"모두의 교실?"

흘깃 보니 어플 로고가 보였다. 그러고 보니 어제도 애들이 '모두의 교실'에 대해 떠들던데. 우리 학교 학생들만 들어갈 수 있는 익명 커뮤니티라나. 송이도 호기심에 어플을 다운로드했다. 익명이라. 아무도 나를 모른다니 매력적이나. 여기라면 외톨이에 은따인 한송이 대신 유쾌하고 재밌는 한송이를 보여줄 수 있지 않을까.

'닉네임을 입력하세요.'

학생증으로 인증하자 곧바로 닉네임을 쓰라는 창이 떴다. 송이는 고민하다 '백짬뽕'이라고 썼다. 담임선생님의 별명을 빌리기로 한 것이다. 담임 쌤은 하도 건망증이 심해 이 기억 저 기억 짬뽕시켜 말하는 버릇이 있었다. 그래서 누가 선생님의 성인 '백'과 합쳐 선생님을 백짬뽕이라고 불렀는데, 그게 유행이 되어 반 애들 모두 담임을 백짬뽕이라고 부르기 시작했던 것이다.

송이가 반에 들어섰지만 놀랍게도 아무도 관심을 보이지 않았다. 송이는 입학식 이후로 투명인간처럼 살았다. 몇몇 얌전한 학생들이 조별 과제나 짝 피구 같은 걸 할 때 송이와 함께 해주긴 했지만, 마음을 터놓고 얘기하거나 연락하고 지내는 친구는 없었다. 아, 짜증 난다. 냄새날 것 같다고 무시했던 오주미랑 같은 신세가 된 게 어이가 없기 때문이다. 그래, 이제 5월이야. 아직 이미지를 되돌릴 시간은 남아 있어.

"꺄~ 유리 화장 솜씨 대박! 나 너무 이쁘지?"

혼자 공부하는 척 수학책을 펴는데 뒤에서 주희의 호들갑 떠는 목소리가 들렸다. 진짜 듣기 싫다. 너 원래 저런 목소리 아니잖아. 왜 이쁜 척해? 그리고 성형해 놓고 왜 자연인 척해? 송이의 목구멍에 원망이 차올랐다. 방주희 쟤만 아니었어도 내가 이렇게 되진 않았을 텐데.

주희는 그날 이후 송이를 무시하는 걸로도 모자라, 송이가 예전부터 자기에게 집착했다는 소문을 퍼뜨렸다. 그래서 같은 반이 됐을 때도 무서웠다나. 송이는 해명하고 싶었지만 이상하게 목소리가 나오지 않았다. 이미 아이들이 자길 멀리 하는 게 눈에 보였기 때문이다. 아니라고 해봤자, 아닌 게 아니다. 아이들은 못생기고 음침한 송이보다 예쁘고 성격도 좋아 보이는 주희의 말을 더 믿었다.

"유리야, 너 진짜 피부 좋다~ 화장품 뭐 써?"

주희의 간드러지는 목소리가 계속 송이의 귀를 괴롭혔다.

"대박! 거기 완전 비싼 데잖아! 부럽다!"

"이게 비싼 거야? 몰랐네. 그렇게 갖고 싶으면 너 줄게."

유리가 주희에게 선심 쓰듯 말했다. 유리는 우리나라에서 열 손가락 안에 들 만큼 큰 건설사인 명진건설 부회장의 딸이었다. 그야말로 금수저, 아니 다이아몬드 수저다. 하지만 이 사실을 모르고 본다 해도 유리는 확실히 부잣집 딸 같아 보였다. 항상 깔끔하고 단정한 옷차림과 윤기 나는 머리칼, 고상하게 올라간 눈매, 들고 다니는 가방, 필통, 핸드폰, 액세서리 어느 것 하나 싸구리는 없었다.

"나야 너무 좋지. 역시 유리는 착해! 그거 알아? 요즘은 얼굴 예쁜 애들이 성격도 좋대."

주희가 유리에게 아부를 떨었다. 역겹다. 샤프를 쥔 송이의 손이 부들거렸다.

"너도 얼굴도 예쁘고 성격도 좋잖아."

"에이~ 내가 뭐가 예뻐!"

여자아이들 특유의 칭찬 퍼레이드가 계속 들렸다. 서아만 두 사람의 대화가 재미없다는 듯 창밖을 바라보고 있었다. 송이는 흘깃 서아를 쳐다보았다.

'서아는 다른 애들이랑은 좀 다른 거 같아. 유리랑 초등학생 때부터 친구라는데 솔직히 둘이 비슷한 구석은 없다니까.'

속으로 생각하던 송이는 무심코 핸드폰 알림을 보았다. '모두의 교실'에 새 글이 올라왔다는 알림이었다.

제목 : 1학년 인기투표 렛츠기릿~

작성자명 : 샤이보이

딱 봐도 철없는 애들이나 할 것 같은 생각이다. 이딴 인기투표는 대체 왜 하는 거야?

송이는 불평하면서도 알림을 클릭했다. 방금 올라온 글인데도 조회수가 100명이 넘는다. 인기투표에는 총 10명의 후보가 있었는데 장유리, 임서아, 그리고 방주희까지 포함되어 있었다.

"말도 안 돼. 방주희 성괴네."

송이는 댓글로 그 말을 쓰려다 멈칫했다. 백짬뽕의 캐릭터에 맞지 않는 코멘트다. 굳이 남을 내려깔 이유가 있을까. 게다가 주희가 성형했다는 사실을 아는 건 유치원 때부터 친구인 송이밖에 없다. 송이랑 주희가 살던 동네에서 제일 먼 고등학교라, 여기에 배정받은 학생이 둘밖에 없었던 것이다. 따라서 이 사실을 말하면 백짬뽕이 송이라는 사실을 금방 들킬 게 뻔했다.

ㄴ, ㅋㅋㅋ 1학년 3반 미녀 웰케 많아. 남자애들 복 받았네~

송이는 나름 유쾌하다고 생각하는 댓글을 달았다. 얼마 안 있어 답글이 달렸다.

ㅣ, 존못도 많음 ㅋ

존못이라니… 송이는 주위를 휙 둘러보았다. 누구지? 누가 이런 댓글을 쓴 거야? 설마 나를 말하는 건가?

28

송이는 부들거리는 손에 힘을 주고는 다시 대댓글을 달았다.

ㄴ 님 얘기임?

그리고 얼마 안 있어 다시 답글이 달렸다.

ㄴ 스브 들킴?

순간 기분이 싸해졌다. 다시 송이가 주위를 둘러보니 핸드폰을 손에 꼭 쥐고 있는 누군가가 보였다. 오주미. 하필 이름도 오주미라 왠지 꺼려지는 아이. 주미는 누구에게 문자를 하는 건지 타닥타닥 손가락을 움직이고 있었다.

띠링~
다시 알림이 떴다. 답글이 달렸단다.

ㄴ 개웃기네 ㅋㅋㅋㅋㅋㅋ 닉값 제대로 ㅋㅋ

다른 사람이 단 답글이었다. 닉값은 닉네임 값을 한다는 말이다. '마라맛걸'. 송이에게 처음 댓글을 남겼던 사람의 닉네임이었다. 개웃기다는 말은 마라맛걸에게 달린 댓글이었다.

'치, 뭐가 웃기다는 거야.'

송이는 괜히 기분이 나빠져서 다른 게시글을 보기 위해 스크롤을 쭉 내렸다. 그때 송이의 눈에 웬 수상한 게시글 하나가 보였다.

제목 : 머리부터 발끝까지 완벽 변신!

　　　캐리체인 쇼핑몰로 놀러오세요♥

작성자명 : 레드 다이아몬드

머리부터 발끝까지 완벽 변신? 혹했다. 게시글을 클릭해 보니 쇼핑몰 홍보글이었다. 본인에게 딱 어울리는 스타일을 AI가 분석해 준다나. 작성자는 자기도 이용해 봤는데 너무 좋있다며 강추한다고 느낌표를 5개나 붙이며 말했다.

송이가 호기심에 링크를 클릭하려는데 문이 탁, 하고 열리더니 백짬뽕, 아니 담임쌤이 들어왔다. 선생님은 오늘도 어김없이 출석부를 깜빡해서 늦었다며 머쓱하게 웃었다. 송이는 핸드폰을 끄고 주머니에 넣었다. 하지만 머릿속은 아까 본 게시글로 가득 차 있었다.

'완벽 변신이라….'

그게 정말 가능하다면 못난 한송이 대신 예쁜 한송이가 될 수 있을지도 몰라. 송이는 하루 종일 그 생각만 하느라 엄마 생일 선물을 사야 한다는 것도 까먹은 채 집으로 돌아왔다.

VIP를 위한 스페셜 체험권

송이는 집에 도착하자마자 컴퓨터로 곧장 달려갔다. 아까 집에 오는 길에 쇼핑몰에 들어갔다가 핸드폰 배터리가 꺼지는 바람에 회원 가입도 못 했다. 이래서 충전은 제때 해야 하는데! 송이는 궁시렁거리며 핸드폰에 충전기를 꽂은 뒤 컴퓨터 검색 창에 '캐리체인 쇼핑몰'을 쳤다. 그런데 이상하다. 아무것도 뜨지 않는다. 뭐지? 쇼핑몰이면 당연히 나와야 할 텐데.

송이는 갸우뚱하다가 '모두의 교실'을 검색해 보았다. 그러자 한 블로그에 다운로드 링크가 올라와 있었다. 다운로드

32

가 끝나자 로그인 화면이 나타났고, 송이는 재빨리 로그인한 후 아까 봤던 게시글을 찾았다. 다행히 아직 남아 있었다. 여기에서만 들어갈 수 있는 링크인 것 같았다.

링크를 클릭하자 '나만의 캐릭터 체인지! 캐리체인 쇼핑몰'이라는 글자가 뭉게구름처럼 둥둥 화면에 떴다. 스크롤을 내리자 하얗고 깔끔한 배경에 여러 아바타들이 나타났다. 아래에는 가격이 적혀 있었고, 카테고리에는 '추천 스타일'이라고 굵은 글씨로 적혀 있었다.

'회원가입'을 클릭하니 여러 가지 조항이 적힌 복잡한 글자와 함께 동의란이 나왔다. 대충 다 동의한다고 체크한 뒤 쭉 내리는데, 요상한 문구가 보였다.

십대만 가입 가능♡

십대만 가입 가능하다고? 보통 미성년자들은 어디 하나 가입하려면 해도 부모 동의를 받기 위해 애를 먹는데, 여기는 오히려 십대만 가능하다니 더 매력적이다. 송이가 마지막 동의서에 체크를 하자 갑자기 홈 캠 화면이 켜졌다. 코로나 때 온라인 수업을 할 때 사용하려고 샀던 홈 캠이었다. 갑자기 켜진 홈 캠에 놀란 송이가 창을 끄려는데 분홍색 글씨로 웬 문구가 떴다.

일어나서 촬영해 주세요.

"일어나라고?"

송이가 일어나자 홈 캠이 알아서 움직이더니 송이의 머리부터 발끝까지 스캔했다.

나이 확인 완료. 얼굴 확인 완료. 몸매 확인 완료.
키 확인 완료. 성격 및 능력 확인 완료.

"성격 및 능력 확인 완료?"

AI가 분석을 마쳤습니다.
회원가입 절차를 마무리해 주십시오.

홈 캠 화면이 꺼지더니 핸드폰 번호와 이름을 쓰라는 칸이 나왔다. 인증까지 마치자 아이디 대신 아까 송이를 스캔한 사진이 아바타화되어 화면에 등장했다. 아래 닉네임 칸에 커서가 깜빡거리고 있었다. 마음이 급한 송이는 백짬뽕이라고 후다닥 친 뒤 가입을 완료했다.

드디어 로그인이 끝나고 화려한 쇼핑몰 화면이 나타났다.

백짬뽕님만을 위한 AI 추천 쇼핑 리스트입니다.

진짜였다. 머리부터 발끝까지 입고 바르고 끼울 수 있는 건 다 있었다. 헤어스타일부터 렌즈 색상과 타입, 쿨톤인지 웜톤인지, 화장품은 뭘 쓰고 화장은 어떻게 해야 하는지, 없는 게 없었다. 옷도 추천해 줬다. 액세서리와 가방, 구두도 당연히 포함되어 있었다.

송이는 침을 꿀꺽 삼켰다. 원하는 대로 추천 상품들을 조합하면 송이의 아바타에 그대로 입혀졌다. 송이를 똑 닮은 아바타라, 송이가 이렇게 스타일링을 했을 때 어떤 모습일지 바로 알 수 있었다.

"대박. 이거 진짜 대박이잖아?"

송이는 눈에 불을 켜고 쇼핑에 열을 올렸다. 순식간에 장바구니가 가득 찼고 가격은 무지막지하게 올라갔다.

"한송이? 안 나와?"

밖에서 엄마가 송이를 부르는 소리가 들렸다. 이런, 시계를 보니 저녁 식사를 하러 가기로 한 시간이 한참 지나 있었다.

"잠깐만! 나 준비 좀 하고!"

"아까부터 준비하라고 했잖아. 지금 다 기다리고 있어!"

"아, 잠깐만!"

송이는 장바구니를 훑으며 뭘 뺄지 고르는 중이었다. 다 사기엔 돈이 모자랐기 때문이다. 겨우 고르고 골라 남은 것도 40만 원어치가 넘었다.

"하, 내 용돈으로는 택도 없는데….'

그때 송이의 머리에 이번 설에 받은 세뱃돈이 떠올랐다. 고등학생이 된다고 친척 어르신들이 꽤 두둑이 챙겨줬었다. 송이는 은행 어플로 예금액을 확인했다. 충분하다. 몇 개 더 얹어서 사도 될 정도였다.

결국 송이는 총 56만 원어치의 물건을 구매했다. 엄마 생일 선물을 사려고 남겨둔 돈까지 탈탈 털었다. 바로 그때 문이 벌컥 열리며 엄마가 들어왔다.

"한송이!"

엄마는 잔뜩 화가 나 있었다. 아직 옷도 갈아입지 않은 송이를 보고 기가 막혔나 보다.

"미안, 숙제 좀 하느라고."

"숙제?"

엄마가 컴퓨터 화면을 보려고 하자 송이는 빛보다 빠른 손으로 화면을 껐다.

"나 1분 만에 옷 갈아입고 나갈게. 진짜 미안해, 엄마. 좀만 기다려!"

송이는 엄마를 내보낸 뒤 문을 쾅 닫았다. 엄마의 한숨 소리가 들렸지만 송이는 씩 웃기만 했다.

'나도 이제 완전히 달라질 거야. 방주희, 두고 봐.'

며칠 후, 학교에서 돌아오던 송이는 택배가 도착했다는 문자를 받고 바로 집으로 달려갔다. 엄마가 보기 전에 택배를 옮겨야 한다. 오늘 엄마는 동네 아줌마들과 찜질방에 갔다가 마트에서 장을 보고 돌아온다고 했다. 그 전에 집으로 돌아가지 않으면 큰일 난다.

집 앞에는 택배가 산처럼 쌓여 있었다. 낑낑거리며 택배를 방에 옮기고 세어보자 총 32개였다. 처음이었다. 외모를 위해 이렇게 큰돈을 써본 건.

송이는 두근거리는 마음으로 하나하나 풀어 확인해 보았다. 굽이 높은 가죽 버클 슈즈와 퍼스널 컬러에 딱 맞는 웜톤 팔레트, 통이 넓은 스트레이트 진과 자연스러운 초코 브라운 서클 렌즈. 하나같이 아름답고 영롱했다. 송이는 예뻐질 생각에 신이 났다.

문을 걸어 잠그고 본격적으로 변신에 돌입했다. 캐리체인에서 추천해 준 대로 스타일링도 해보고 셀프 염색약으로 염색까지 했다. 30분 정도 기다린 뒤 화장실에서 머리를 헹구는데 도어록 소리가 들렸다. 엄마였다. 엄마는 송이의 해괴망측한 모습에 기함을 토했다.

"너…! 꼴이 그게 뭐야?"

"꼴이라니. 내 꼴이 뭐 어때서."

"눈깔은 또 왜 그래? 머리 색은 그게 뭐고!"

엄마가 송이의 머리카락을 잡아당기며 말했다.

"이거 놔! 아파! 내 머린데 내 맘대로 하지도 못해?"

"뭐어-? 네 머리? 그래, 너 말 잘했다. 이 잘난 머리로 하라는 공부나 할 것이지 할 게 없어서 학생이 망측하게 염색이나 하고! 너 중간고사 성적 나왔지? 몇 점 나왔어?"

"아이 또 공부 얘기! 염색 요즘 애들 다 해! 엄만 아무것도 모르면서!"

송이는 엄마 손을 뿌리치고 방에 들어가 다시 문을 잠갔다. 거울을 보니 만족스러웠다. 붉은기가 도는 갈색 머리에 초롱초롱한 눈, 수줍은 코랄빛 입술, 그리고 파운데이션으로 뽀얘진 피부. 송이는 내친김에 아이라인과 눈썹도 그렸다. 볼에도 생기를 더할 빨간 틴트를 묻혀 비볐고 브이라인 얼굴을 만들기 위해 쉐딩 스틱으로 아래턱을 마구마구 깎았다. 그러자 비로소 송이가 커스텀한 아바타와 약간은 비슷해졌다.

"예쁘다."

송이의 쭉 째진 눈이 동그래졌다. 송이는 신기한 듯 한참을 거울만 들여다보았다.

다음 날, 스타일이 싹 바뀐 송이가 교실 문을 열자 아이들이 일제히 송이를 바라보았다. 송이는 기분이 좋아져 의기양양하게 자리에 앉았다. 주희가 쳐다보는 시선도 느껴졌다.

'봤냐? 나도 예뻐질 수 있다고.'

흐뭇하다. 다들 날 이제 무시하지 못하겠지?

그때 남자애들이 키득거리는 소리가 들렸다.

"야, 한송이 쟤 왜 저러냐?"

"몰라. 호박이 수박 되려다 쪽박 찬 듯?"

"오, 라임~"

그 말에 송이의 얼굴이 붉게 달아올랐다. 뭐? 호박이 수박 되려다 쪽박 찼다고? 그제야 송이의 눈에 아이들의 시선이 제대로 읽혔다. 아이들은 예뻐진 송이를 보고 놀란 게 아니라 어색한 짱구 눈썹에 노랗게 뜬 피부, 우스꽝스럽게 빨간 입술을 한 송이를 비웃는 중이었다.

'이 씨…. 창피해!'

"유리야~ 인기투표 네가 1위 했더라? 축하해~."

송이의 목덜미 너머로 여자애들 목소리가 들렸다. 유리는 남녀 할 것 없이 아이들에게 둘러싸여 있었다. 일주일 전에 한 인기투표가 오늘 막 끝났나 보다. 반전 없이 유리가 1등이었다. 주희는 5등, 서아는 9등이었다.

"축하는 무슨~ 애들끼리 그냥 재미로 한 건데."

유리가 웃으며 말했다. 승자의 미소가 아주 여유로워 보였다.

"그래도 유리 네가 1등 하니까 내가 기분이 좋더라!"

주희였다. 짜증 나는 저 인위적인 목소리. 송이는 듣기 싫으면서도 귀를 쫑긋하고 있었다.

"주희 너도 이쁜데. 적어도 3등 안에는 들지 않아?"

연지 목소리다. 주희는 그 말에 아니라며 겸손을 떨었다.

"뭘~ 서아야말로 3등 안에는 들지. 9등이라니 의외야."

주희는 말은 그렇게 하면서도 서아라도 이겨서 다행이라고 생각하고 있었다.

"글쎄, 난 그런 거 관심 없어서."

서아가 답했다.

"근데 마라맛걸이 누굴까?"

누가 뜬금없이 다른 이야기를 던지자 너 나 할 것 없이 마라맛걸의 정체를 추측하기 시작했다.

"존못이라잖아. 그럼 둘 중에 하나지."

남자애 목소리였다. 누구지? 박종찬 아니면 강승민 목소린데.

"둘? 누구?"

"쟤랑 쟤."

속닥이는 목소리가 송이의 목덜미를 간지럽혔다. 안 봐도 뻔하다. 나 아님 오주미겠지.

"에이~ 그래도 송이는 그 정도는 아니다."

"나도 그런 줄 알았는데 오늘 보니 맞는 듯."

애들이 빵 터지는 소리가 들렸다. 송이는 부끄러워서 도저히 참을 수 없었다. 생각할 겨를도 없이 자리에서 벌떡 일어나 화장실로 달려갔다. 덕분에 모든 시선이 송이에게 향했다. 그런 송이를 주희가 물끄러미 바라보았다.

송이는 화장실 변기에 앉아 엉엉 울었다. 역시 난 아무리 노력해도 안 되나 봐. 예쁘게 태어났어야 했어. 엄마는 왜 날 못나게 낳았을까?

한참 울던 송이는 곧 수업 시간인 걸 깨닫고 화장실 칸에서 나왔다. 거울을 보니 이런 못난이가 또 없었다. 아이라인은 다 번졌고 입술은 쥐 잡아먹은 듯했으며 목과 얼굴색이 달라 얼굴만 둥둥 떠다니는 계란 귀신 같았다.

송이는 눈물 자국도 지울 겸 어푸어푸 세수를 했다. 눈앞이 뿌연 이유가 파운데이션 때문인지 눈물 때문인시 알 수가 없다. 겨우 화장을 지우고 거울을 보는데, 누군가와 눈이 마주쳤다. 주희였다. 송이는 뒤를 돌아 주희를 맹렬히 노려보았다.

"너⋯!"

"애 많이 쓰더라. 볼썽사납게."

주희의 평소 목소리다. 송이가 늘 들어왔던 걸걸한 목소리.

"뭐라고? 네가 나한테 그런 말 할 자격 있어?"

당당하게 말하고 싶은데 송이의 목소리는 염소마냥 떨렸다.

"자격? 너야말로 날 미워할 자격 있어?"

주희가 적반하장으로 쏘아붙였다.

"뭔 소리야! 내가 널 미워한다니!"

"미워하잖아. 아냐?"

"…그래. 미워해! 그렇게 둘도 없는 친구처럼 굴더니 갑자기 날 모른 체했잖아!"

"흥, 둘도 없는 친구 좋아하시네. 너랑 나 유치원 때부터 별명 뭐였는지 기억 안 나? 못난이 쌍둥이 자매!"

"야, 그건 너 좋아하던 남자애가 너한테 관심 끌려고 붙인 별명이잖아!"

"뭐가 됐든 난 싫었어! 내 이름 앞에 못난이가 붙는 것도, 너랑 쌍둥이처럼 닮은 것도!"

주희가 씩씩거리며 숨을 내쉬었다.

"게다가 너 말이야. 은근히 날 무시했잖아. 내가 너보다 더 못생겼다느니 나중에 꼭 성형하라느니, 우리 같은 애들은 시집 잘 가려면 미친 듯이 공부해야 한다느니, 우리 인생은 이미 글렀다느니…!"

주희는 그동안 쌓아온 응어리를 풀어내듯 몰아치다가 입술을 꽉 깨물었다.

"난 이제 새로운 삶을 살 거야. 그러니까 앞으로 내 인생에 방해되는 일은 아무것도 없었으면 좋겠어. 너도 포함해서."

주희는 앙칼진 눈빛으로 송이를 한 번 더 노려본 뒤 화장실을 나갔다. 송이는 충격에 빠져 잠시 멍하니 서 있었다. 얼마나 시간이 흘렀을까, 수업 종이 울리고 1번 칸 문이 끼익 열리더니 누군가 나왔다.

"임서아?"

서아는 멋쩍은 표정으로 세면대에서 손을 씻었다.

"미안. 엿들을 생각은 아니었는데. 수업 종이 쳐서 어쩔 수 없이…."

서아가 말끝을 흐렸다. 송이가 민망하지 않도록 일부러 기다렸던 모양이다.

"아냐. 다 내가 못나서인걸."

송이는 입술을 질끈 물었다. 다시 울음이 터질 것만 같았다.

"잘은 모르겠지만…."

서아가 물 묻은 손을 툭툭 털더니 조심스럽게 말을 꺼냈다.

"뭔가 틀어질 땐 남보단 나를 돌아봐야 풀리더라고. 너도 너부터 제대로 바라보면 어떨까?"

서아는 수업에 늦겠다며 빨리 오라는 말을 끝으로 화장실을 나섰다. 송이의 귓가엔 방금 들은 서아의 말만이 계속 맴돌았다. 나부터 날 제대로 바라보라고? 어떻게? 이렇게 못났는데 어떻게 제대로 바라보라는 거야? 송이는 네모난 거울을 뚫어지게 바라보다 동그란 눈물방울이 똑똑 떨어지고 나서야 눈물을 훔치고 화장실을 나왔다.

집으로 돌아가는 길, 송이는 아까 화장실에서 있었던 일을 계속 곱씹었다. 생각할수록 괘씸했다. 방주희. 지가 나한테 했던 말은 다 까먹고 내가 했던 말만 기억하기는. 박종찬인지 강승민인지 걔네도 내가 가만 안 둘 거야. 감히 나랑 오주미를 비교해?

"다녀왔습니다."

송이가 다 말라비틀어진 동태눈으로 집에 들어오자 엄마가 무슨 일이 있었냐며 물었다. 송이는 그런 거 없다며 방에 들어가 문을 걸어 잠갔다. 방에는 캐리체인에서 산 옷과 액세서리, 화장품들이 널브러져 있었다.

"이딴 게 다 무슨 소용이야. 다시 태어나지 않으면 의미 없다고."

송이는 괜히 화가 나서 침대에 어수선하게 널려 있던 옷과 화장품을 마구 집어 던졌다. 그 바람에 화장품은 깨지고, 옷은 찢어지고, 난리도 아니었다.

"송이야! 무슨 일이야!"

엄마가 방문을 덜컹거리며 쾅쾅 노크를 했다.

"아무 일 아냐! 신경 꺼!"

"얘가 말버릇하고는!"

"제발! 제발 부탁이니 그냥 가!"

"너한테 줄 거 있어서 그래. 문 열어봐."

줄 거? 송이는 잠시 고민하다 문을 살짝 열었다.

"이거 아까 네 이름으로 온 편지인데 깜빡했어. 근데 캐리 체인이 대체 뭐니?"

"캐리체인?!"

송이는 편지를 낚아채고는 황급히 뜯어보았다.

백짬뽕님, 축하드립니다!

〈VIP를 위한 스페셜 캐릭터 체인지 1일 체험권〉에 당첨되셨습니다.

아래 큐알 코드를 통해 바로 입장하실 수 있습니다.

"스페셜 캐릭터 체인지?"

송이가 편지 내용을 중얼거리는 동안 엄마는 방 꼬라지를 보고 잔소리를 퍼부었다. 물론 송이의 귀에는 아무 소리도 들리지 않았다. 스페셜 캐릭터 체인지라는 게 대체 뭘까? 오로지 그 생각뿐이었다.

방 청소를 오늘 안에 다 하겠다는 약속을 한 뒤 겨우 엄마를 내보낸 송이는 큐알 코드를 홈 캠에 비춰보았다. 그러자 곧바로, 마치 기다렸다는 듯 '캐리체인 비밀 쇼핑몰'이 모습을 드러냈다.

쉿, 가격은 비밀♥

캐리체인 비밀 쇼핑몰에 오신 걸 환영합니다!

화장? 성형? NONO! 캐리체인은 겉과 속 모두 체인지 가능!

쉿, 가격은 비밀♥

캐리체인 비밀 쇼핑몰? 송이는 어리둥절한 얼굴로 쇼핑몰을 둘러보았다. 큼지막하게 적힌 안내 문구 외에는 아무것도 보이지 않는다. 검은색 배경화면에 안내창 속 반짝거리는 핑크색 글자가 신비하면서도 께름칙했다. 마치 밝고 화사한 캐리체인 쇼핑몰의 이면처럼.

"쉿, 가격은 비밀?"

이게 대체 무슨 말이야. 어리둥절해하는 송이의 눈에 코드를 입력하라는 창이 떴다.

"코드? 아."

편지에는 영어와 숫자 조합의 긴 코드가 하나 적혀 있었다.

"luv2… ch8g… e2luv."

송이가 복잡한 글자를 더듬더듬 읽어가며 코드를 입력하자 쇼핑몰에 입장하라는 버튼이 나타났다. 클릭하자마자 캐리체인 쇼핑몰과 똑같지만 배경색만 까만 쇼핑몰 화면으로 바뀌었다.

"뭐야, 로그인이 되어 있잖아?"

캐리체인 쇼핑몰과 연동되어 있나 보다. 송이는 가볍게 생각하고 넘겼다.

스크롤을 쭉 내리는데 뭔가 이상했다. 원래는 화장품이나 추천 스타일이 나와야 하는데, 여기는 얼굴형, 눈매, 입술 모양, 키 같은 게 나왔다. 마치 게임 시작할 때 내 캐릭터를 커스텀하듯 하나하나 생김새를 정할 수 있는 모양이었다.

송이는 신나서 원하는 얼굴을 모두 장바구니에 담았다. 그러자 송이의 아바타가 정말 그 모습 그대로 바뀌었다. 송이는 이왕 하는 김에 요즘 제일 인기 있는 아이돌인 키슈모아의 슈아를 따라 했다. 큰 눈망울과 끝이 올라간 풍성한 속눈썹, 오똑한 코와 도톰한 입술, 날렵한 턱선과 긴 다리까지. 아바타는 몰라보게 달라져 있었다.

"키키키."

정신없이 아바타를 꾸미다 보니 어느새 아까 있었던 일은 까맣게 잊고 히히 웃음이 나왔다. 진짜로 이렇게 생길 수만 있다면 얼마나 좋을까. 그때 송이의 눈에 MBTI 카테고리가 눈에 띄었다. 뭐야, 겉과 속을 다 바꿀 수 있다는 게 이런 의미였어? MBTI까지 고를 수 있다니 말도 안 돼!

송이는 믿지 못하면서도 어차피 재미로 하는 거니 뭐 어떤가 싶어서 내친김에 MBTI까지 골라보았다.

"역시 E가 나오려나? 뭔가 분위기를 내고 싶으면 I로 가는 게 맞을 것 같고, 활달한 느낌을 원하면 E가 나을지도."

송이는 곰곰이 생각에 잠겼다. 진짜로 내 캐릭터가 바뀐다면 나는 어떤 캐릭터이고 싶을까? 내 외모에 걸맞는 성격이면 좋을 텐데. 방주희도 얼굴이 달라지니 목소리 톤부터 바꾸잖아. 원래는 엽떡 2인분에 치즈 왕창 추가해서 먹고 탕후루까지 조지는 애인데, 학교에선 급식도 남기는 소식가 콘셉트를 잡았다지? 흥, 웃기셔. 그럼 나는 주희보다 얌전하면서도 다정하고 어른스러운 애로 바뀌겠어.

그때 송이 머릿속에 서아가 떠올랐다. 송이가 아는 주변 사람 중에 제일 어른스러워 보이는 사람이 서아였기 때문이다. 그래, 방주희는 원래 깨방정 떠는 애가 얌전한 척해서 싫고, 장유리는 성격은 밝지만 무슨 생각을 하는지 모르겠어. 서아가 제일 나아.

"서아 MBTI가 뭐였지?"

교실에 지박령처럼 있으면서 귀동냥으로 들었던 것 같은데 기억이 잘 나지 않았다.

"IST 뭐였는데… J였나? P였나? 서아는 공부도 잘하고 부반장에 또래 상담부 부회장까지 맡을 정도니 부지런하고 계획적일 거야. 좋아. ISTJ로 가자. 음, 근데 좀 차갑게 보이려나? 다정하고 밝은 이미지로 가고 싶은데."

송이는 핸드폰을 열어 가장 원하는 성격과 비슷한 MBTI를 찾았다. 'MBTI **** 특'이란 식으로 올라온 게시글 밑에서 댓글로 많이들 싸우는 중이었다. 맞다, 아니다. 공감된다, 공감 안 된다 등등 의견이 다양했다. 그래도 제일 송이가 원하는 느낌과 비슷한 MBTI를 찾다가 ENFJ로 낙점했다. ENFJ가 친구도 많고 성격도 천사 같다는 말에 혹한 것이다.

MBTI까지 다 고르고 나니 아래에 원하는 능력치를 고르는 바가 나타났다. 브레인, 신체, 감각 세 가지의 능력치를 총합이 10이 되게끔 고를 수 있었다.

"와우, 스탯까지 가능하단 말이야? 진짜 게임 캐릭터네."

송이는 헤실헤실 웃으며 행복한 고민에 빠졌다. 내 성적표만 보면 한숨만 쉬던 엄마에게 한 방 먹이려면 브레인은 무조건 있어야 한다. 신체는 아마 체력이나 운동신경을 말하는 거겠지? 작년 체육대회 피구 결승에서 나 때문에 졌다고 원망하는 소릴 들었던 걸 생각하면 신체도 포기할 수 없었다. 감각은 예술적 감각이나 타고난 센스를 의미하는 듯했다. 아아, 그거야말로 정말 부러운 능력이었다. 나도 나만의 분위기와 느낌을 줄 수 있는 감각이 있었으면 좋겠다.

결국 송이는 브레인 3, 신체 3, 감각 4로 정했다. 지금은 셋다 0점이니까 뭘 선택하든 지금보단 낫겠지.

거기까지 다 고르자 '체인지' 버튼이 나왔다. 송이는 네온색의 체인지 버튼을 딸깍, 하고 눌렀다. …하지만 아무런 변화도 일어나지 않았다.

"에이, 뭐야. 역시 사기였잖아."

송이의 입술이 뾰루퉁 튀어나왔다. 기대를 한 내가 바보지.

그때 갑자기 졸음이 몰려왔다. 송이는 크게 한 번 하품을 하고는 침대 위로 털썩 드러누웠다. 어느 순간 송이의 눈이 감겼고, 까만 쇼핑몰 화면처럼 세상이 깜깜해졌다.

이른 아침, 송이는 잠에서 깼다. 기분 좋은 꿈을 꿨는지 몸도 개운하고 마음도 설렜다.

일어나려고 뒤척이는데 뭔가 불편했다. 옷차림이 교복 그대로였던 것이다. 아이 참, 엄마는 내가 이러고 자면 좀 깨워서 씻으라고 하지. 침대에서 벌떡 일어나자, 뭔가 느낌이 이상했다. 시야가 달라진 것이다. 원래는 침대 옆에 붙어 있는 아이돌 포스터보다 눈높이가 아래였는데 지금은 포스터 속 포즈를 취하고 있는 슈아와 높이가 똑같았다.

"뭐지? 그새 키가 컸나?"

송이가 밑을 내려다보니 치마가 허벅지 위로 한 뼘이나 짧아져 있었다. 아무리 성장기라고 해도 하룻밤 사이에 이렇게 키가 크는 건 말이 되지 않는다. 송이는 의아한 얼굴로 옷장

옆 전신 거울 앞으로 달려갔다.

"꺅!!!!"

비명 소리가 집 전체에 울려 퍼졌다.

"무슨 일이야?"

아빠가 넥타이를 매다 말고 달려왔지만 송이는 아빠를 신경 쓸 겨를 따위 없었다. 거울 속 완벽한 모습의 자신을 감상하느라 넋이 나가 있었던 것이다.

"송이야?"

아빠가 송이 뒤로 다가왔다. 아빠랑 키가 거의 비슷해진 송이는 천천히 뒤를 돌았다. 제발, 꿈은 아니겠지. 송이는 아빠와 눈을 마주치며 눈물을 흘렸다.

"너 울어? 아니 왜?"

아빠가 당황해서 물었다. 표정을 보니 송이의 달라진 모습에 놀란 것 같진 않았다.

"아빠, 안 보여?"

"뭐가?"

"내 모습 말이야!"

"왜 안 보여~ 너무 잘 보이지! 어릴 때나 지금이나 똑같이 귀엽고 사랑스러운 우리 딸이~"

송이는 싱글벙글 웃는 아빠를 어이없어 하며 바라보았다.

"무슨 소리야! 그건 못난이 한송이고 지금은 완벽하게 아름다운 한송이잖아!"

"아빠는 우리 송이를 못난이라고 생각해 본 적 없는데?"

"에이!"

송이는 여전히 눈치 없고 둔한 아빠를 밀치고는 거실로 나갔다. 부엌에서는 엄마가 아침밥을 준비하는 중이었다. 송이는 엄마한테 다가갔다. 엄마는 송이에게 수저 좀 놓으라며 물 묻은 숟가락과 젓가락만 건넬 뿐이었다.

"엄마! 나 안 보여? 나 송이야! 엄마 딸!"

"알어~ 수저나 놔. 웬일로 이 시간에 일어났대."

엄마는 송이를 힐끔 보더니 된장찌개를 국자로 떠 한입 맛보았다.

"이 씨! 왜 아무도 몰라주는 거야!"

송이는 이 모든 게 자신의 착각일까 봐 두려웠다. 몰라보게 예뻐졌는데 왜 아무도 그 말은 안 하는 거냐고!

송이는 화장실로 가 다시 얼굴을 찬찬히 훑어보았다. 완벽하다. 뽀얀 피부와 사슴 같은 눈망울, 겨울엔 스키를 타도 될 듯한 높은 콧날과 앵두 한 입 먹은 듯 생기 도는 입술, 베일

듯한 턱선. 그뿐이랴, 예전엔 삼겹살 해 먹자고 놀림이나 당하던 두툼한 뱃살이 쏙 들어가 있었다. 키는 170을 가뿐히 넘겼고, 군살 하나 없는 늘씬한 몸매에 옷태부터 달라졌다.

"와. 미쳤다. 세수를 안 했는데도 어쩜 이렇게 예쁘지?"

송이는 자기 얼굴에 감탄하느라 정신을 못 차리고 있었다.

"학교 다녀오겠습니다!"

송이는 급히 세수만 한 뒤 가방을 챙겨 집을 나섰다. 밥 먹으라는 엄마의 잔소리는 귓등으로도 들리지 않았다. 자신의 달라진 모습을 조금이라도 빨리 반 아이들에게 보여주고 싶은 마음뿐이었다.

"크크크. 지금까지 잘도 날 무시했겠다?"

평소라면 엉금엉금 기어갔을 학교를 신발에 날개라도 단 것처럼 금세 날아갔다. 그리고 마침내 1학년 3반 교실에 도착하자, 송이의 심장은 미친 듯이 뛰었다. 과연 애들의 반응은 어떨까? 다른 사람들의 반응은 교문에 들어설 때부터 알았다. 수변에서 우와, 우와 하면서 자기를 바라보는 걸 또렷하게 느꼈으니까. 송이의 캐릭터 변신은 대성공이었다. 그런데도 송이의 가슴은 토할 것처럼 떨렸다. 애들이 날 알아볼까? 어제처럼 또 호박에 줄 긋는다고 수박 되냐고 놀리는 건 아니겠지?

"얘들아, 안녕?"

드르륵 문이 열리고 송이는 문턱을 당차게 넘어섰다.

여신 강림? 초절정 미소녀 한송이

이상하다. 정말 이상해. 이게 대체 어떻게 된 거지?

주희의 머릿속에 온갖 물음표가 떠돌았다. 분명 한송이인데, 한송이가 아니다. 어떻게 저렇게 한순간에 예뻐질 수가 있지? 싶으면서도 그게 이상하게 받아들여진다.

송이가 오늘 아침 교실 문턱을 넘자 모든 아이의 시선이 송이에게로 꽂혔다. 어제와는 전혀 다른 의미로.

긴 웨이브 머리에 몸에 딱 맞는 교복 핏, 키는 몇 뼘이나 큰 건지 웬만한 남자아이들은 내려다볼 정도였다. 눈은 인형처럼 커졌고 입술은 도톰하다. 자연스럽게 높아진 코와 하얀고 깨끗한 피부. 연예인 실물이 이런 느낌일까? 성형으론 나올 수 없는 분위기까지 느껴진다. 그야말로 만찢녀, 여신 강림 그 자체다. 주희의 속이 점점 부글부글 끓기 시작했다.

"와, 대박! 한송이 개이뻐!"

어디선가 찬양 어린 탄식이 터져 나왔다. 그런데 단 한 사람도 이 상황이 말이 안 되거나 송이가 아니라고 의심하는 사람은 없었다. 대체 무슨 마법을 부린 건지, 몰라보게 달라진 저 사람이 송이라는 게 믿어졌다.

"송이야! 너 왜 혼자 왔어?"

여자아이들이 송이 옆에 바싹 붙었다. 원래 혼자 다니던 앤데, 당연한 걸 뭘 묻지?

주희는 입술을 질끈 깨물며 유리와 서아의 눈치를 살폈다. 애네까지 한송이한테 반하면 안 되는데. 다행히 서아는 별 관심이 없어 보였고 유리는 초롱초롱한 눈으로 송이를 바라보고 있었다.

주희는 사람을 볼 때 외모부터 보는 습관이 있었다. 관상학에 심취한 아버지의 영향을 받았는지, 고기 등급 매기듯 자연스럽게 외모를 평가하곤 했다.

'서아는 코가 일자로 높은 게 부자가 될 상이야. 유리는 귀

가 부처님 귀에 입술이 크고 도톰해서 인기 많고 재주 많은 관상이고.'

주희에게 있어 지금까지 투플러스 1등급은 유리였다. 귀한 집에서 자란 공주님 같은 티가 딱 나는 외모와 분위기에서, 출발선이 아예 다르다고 생각했다. 반면 송이는 등급을 매기기도 어려웠다. 분명 친해지면 재미있고 친구도 잘 챙기는 아이지만 가끔 필터 없이 얘기할 때가 있었다. 외모라도 호감형이면 모르겠는데, 찌다 만 찐빵처럼 생긴 주제에 자꾸 주희의 콤플렉스를 건드리곤 해서 그때마다 부아가 치밀었다.

'난 한송이 너랑 똑같은 취급 받기 싫어. 투뿔은 못 되어도 1등급 언저리는 될 거야.'

송이와 같은 학교로 배정받았다는 걸 알았을 때 주희의 결심은 더 단단해졌다. 개학이 한 달 보름쯤 남았을 때, 주희는 이미 수술대 위에서 환골탈태하고 회복하던 중이었다.

최대한 자연스럽고 빨리 아물게 수술해 주는 곳으로 고르고 골라서 찾아갔다. 견적 비용이 350만 원이었다. 극구 반대하는 엄마를 설득하느라 3박 4일을 굶어야 했다. 아빠가 관상이 바뀌면 운명도 바뀐다고 뒤늦게 합세해 줘서 간신히 설득할 수 있었다.

친구를 데려오면 더 싸게 해준다는 원장님의 말에 송이에게 말해볼까 고민도 했지만, 지금껏 보아온 송이라면 돈을 준다고 해도 성형을 할 것 같지는 않았다. 송이는 연예인이 이마에 주름만 펴도 자연스럽게 늙는 게 좋은 거라며 한소리를 했고, 외모에 돈 많이 들이는 것도 이해 못 하겠다며 틴트하나 제 돈으로 안 사던 애였다. 송이는 날 이해할 수 없어. 주희는 그렇게 결론 내렸다.

그리고 지금, 이게 대체 무슨 일이냐 말이다. 어떻게 저렇게 하루 만에 바뀔 수가 있지? 생긴 대로 사는 게 제일 좋다고 그랬었잖아. 그거 다 거짓말이었어? 그냥 쿨한 척한 거야?

"송이야, 너 파데 뭐 써?"

"나 아무것도 안 발랐는데?"

연지의 질문에 송이가 방긋 웃으며 답했다. 거짓말. 저게 아무것도 안 바른 피부라고?

주희는 수업 종이 칠 때까지 속으로 씩씩거리며 송이의 뒤통수만 노려보았다. 그러다가 서랍에 있던 손거울을 꺼내 얼굴을 찬찬히 뜯어보았다.

'코는 이만하면 자연스러운데, 아~ 눈이 아직 좀 소시지 같네. 입술에 필러를 맞아야 하나? 그때 서비스로 해준다 했을

때 할걸.'

"주희야!"

"네?!"

화들짝 놀라 앞을 보니 어느새 담임선생님은 물론 반 전체가 주희를 쳐다보고 있었다.

"너 충분히 이뻐, 그러니까 거울 좀 그만 봐."

"아, 네….'

부끄러워진 주희는 거울을 내려놓았다. 송이가 자길 보며 피식 웃는 게 보였다. 저게 지금 날 비웃는 건가?

"너희들 나이 땐 아무것도 안 해도 예쁘단다."

"그건 쌤 생각이고요!"

"진짜라니까? 하긴 선생님도 니들 나이 땐 그 사실을 모르긴 했지."

주희는 담임의 말에 전혀 공감하지 못했다. 아무것도 안 해도 예쁘다니, 그런 건 진짜 최상급 투뿔 여신들이나 가능한 거지. 주희는 그날 하루종일 거울을 보며 어딜 어떻게 고치면 좋을지 고민에 빠졌다.

1교시 쉬는 시간. 송이는 속으로 환호성을 지르고 있었다.

성공이다! 정말 신기하게도 사람들이 날 알아보았다. 그렇다고 엄마나 아빠처럼 평소 그대로 대하는 건 아니다. 오히려 너무 극명하게 차이가 나서 속이 울렁거릴 정도였다.

원래는 쉬는 시간만 되면 읽지도 않는 책을 펴거나 풀지도 않는 문제집에 낙서나 하며 시간을 보냈는데 오늘은 다르다. 송이 주위에 아이들이 가득했다.

"와, 진짜 대박이다. 아이돌이라고 해도 믿겠어."

"송이야 너 사진 한 장만 찍어도 돼?"

"우리 이따 같이 급식 먹자!"

이렇게 집중적으로 관심을 받아본 건 처음이다. 뒤에서 "존예."라고 하는 소리도 들린다. 심지어 다른 반에서 송이를 보기 위해 몰려온 애들도 있었다. 당황스럽지만 싫지 않다. 이게 꿈일까 봐 두려울 정도다.

"송이야, 한송이~"

이 목소린? 누가 송이 곁으로 다가오자 아이들이 모세의 기적처럼 반으로 갈라졌다. 유리였다. 유리는 오늘도 비싼 머리핀과 팔찌를 하고 나타났다. 유리는 기품 넘치는 미소를 지으며 송이에게 다가왔다. 이럴 수가. 1학년 최고 인기녀 장유리의 관심을 받다니! 송이의 가슴이 두근거렸다.

"너 혹시 키링 좋아해?"

유리가 하얀색 토끼 인형 키링을 송이에게 내밀며 물었다.
어라, 이건….

"슈슈?"

"맞아! 너 아는구나? 슈아 캐릭터 키링이야!"

유리도 슈아 팬이었다니. 한층 유리와 가까워진 기분이 들
었다.

"너 슈아랑 진짜 똑 닮았어. 이거 너 줄게."

"진, 진짜?"

유리는 자그마치 5만 원이 넘는 키링을 아무렇지 않게 송
이에게 건넸다. 송이도 사고 싶었지만 비싸서 차마 엄두도
못 내던 굿즈였다. 유리, 넌 역시 너무 착해!

"정말 고마워!"

송이가 애교 섞인 표정을 지었다. 그런 표정을 지어도 거
북하지 않고 자연스럽게 예뻤다.

"뭘~ 그동안 너랑 친해지고 싶었는데 상황이 좀 그랬어.
우리 이따 음악실 갈 때 같이 갈래?"

"응! 나야 좋지!"

송이는 키링을 바라보며 감격의 미소를 지었다. 저 멀리

서 레이저 눈빛으로 째려보는 주희가 보였지만 무시했다. 봤냐? 네 친구는 날 선택했어.

수업 종이 울리고 나서도 송이는 한참을 키링만 바라보았다. 슈아를 꼭 닮은 하얀 토끼였다. 내가 슈아를 닮았다고? 얼굴에서 미소가 떠나질 않는다. 살면서 처음 들어봐. 내가 아이돌을 닮았다니.

그날 유리는 계속 송이를 찾았다. 송이는 몰랐지만 사실 슈아의 골수팬인 유리는 송이가 교실에 들어선 순간 슈아가 온 줄 알고 깜짝 놀랐다. 어떻게 슈아랑 똑같이 생겼지? 유리는 슈아의 사진과 송이를 번갈아 보았다. 눈, 코, 입 어느 것 하나 안 닮은 구석이 없었다. 찾았다, 내 최애! 유리의 두 눈이 반짝였다.

"우리 수업 끝나고 노래방 가자! 내가 쏠게!"

점심시간. 유리, 서아, 송이, 주희 네 사람이 급식실에 둘러앉았다. 주희는 안 그래도 입맛이 없어 젓가락질도 헛스윙 중이었는데 유리의 말에 화들짝 놀랄 수밖에 없었다. 노래방 코스는 찐친들끼리만 가는 건데! 너 나랑 노래방 처음 간 날 찐친들만 같이 간다고 했었잖아! 주희는 어떻게 하루 만에 송이에게 유리의 마음이 활짝 열렸는지 도무지 이해가 가지 않았다.

'난 유리 맘에 들려고 온갖 아부를 떨고 노력했는데… 한
송이 넌!'

송이는 맞은편 대각선 자리에 앉은 주희의 살벌한 눈빛에
대답을 망설였다. 하지만 대답을 망설인 이유가 그 때문만은
아니었다. 어쩌지? 나 노래 진짜 못하는데…. 이미 나를 슈아
라고 생각하고 있는 유리를 실망시키고 싶지 않았다. 그렇다
고 가지 않겠다고 하면 그건 그것대로 유리에게 거리를 두는
것 같아 미안하다.

"난 오늘 부 활동이 있어서 같이 못 가."

서아가 먼저 선수를 쳤다.

"에에~ 진짜? 아쉽다. 송이 넌 갈 거지?"

유리가 송이의 손을 잡으며 물었다. 이런, 같이 빠져나가
려고 했는데.

"난 안 가. 갈 거면 너희 둘이 가."

주희가 선전포고하듯 말을 뱉었다. 뉘앙스를 보니 나냐,
송이냐 선택하라는 말투다.

'방주희 저거, 성질머리 또 나오네. 하여튼 소심하긴.'

송이가 주희의 뾰로통 튀어나온 볼을 한심하게 바라보았다.

"주희 너까지 왜 그래~ 내가 쏜다니까?"

"몰라. 나 오늘 몸 안 좋아."

주희는 유리의 눈을 쳐다보지도 못하고 밥알만 깨작거리고 있었다.

'제발, 제발 날 선택해. 내가 너랑 더 친하잖아.'

"그럼 어쩔 수 없지. 송이랑 둘이 가야겠다."

유리가 한 치의 망설임도 없이 답했다. 그 말에 주희는 뒤통수에 찌릿, 하고 전기 충격이 오는 듯했다. 송이도 서아도 보았다. 주희의 정수리가 부르르 떨리는 걸.

'말도 안 돼. 어떻게 우정이 변하니? 난 너에게 맞추려고 그렇게나 노력했는데.'

이런 주희의 마음도 모른 채 유리는 그저 송이와 노래방 갈 생각에 한껏 신이 나 있었다.

"너 그럼 이 노래도 알아? 이거 키슈모아 1집 수록곡인데 내 최애곡이거든!"

해맑은 건지 눈치가 없는 건지 유리는 신나는 음악을 틀어댔고 송이는 쌤통이라고 생각하면서도 어쩔 수 없이 주희가 신경 쓰였다.

하교 시간. 유리는 곧바로 송이의 팔짱을 꼈다. 서아와 주희도 두 사람을 따라 교실 밖을 나섰지만 걸음걸이의 무게가 달랐다. 유리와 송이가 앞서 나가고 주희는 뒤에서 뒤처져 걸었다. 유리를 따라가던 서아는 그런 주희의 보폭을 눈치채고는 살짝 속도를 늦췄다.

"혹시 상담 필요해?"

서아가 주희에게 넌지시 물었다. 주희가 서아를 올려다보았다.

"꼭 나한테 받으란 말은 아냐. 오늘 상담부 예약 비어 있어서, 혹시나 해서."

혹여나 부담스러워할까 봐 서아가 말을 보탰다. 주희는 서아의 어깨에 머리를 기대며 한숨을 푹 쉬었다.

"역시 서아밖에 없네~ 근데 오해하지 마. 나 진짜 몸이 안 좋아서 그런 거니까."

친구한테 질투하는 좀생이처럼 비치긴 싫었다. 주희는 괜히 괜찮은 척 밝게 웃어 보였다.

결국 송이와 유리는 노래방으로 향했고 주희는 홀로 집으로 돌아가야만 했다.

주희의 마음이 급격히 불안해졌다. 얼굴엔 먹구름이 드리웠고 길게 컬링한 속눈썹은 축 처졌다. 아까 복도에서 넷이

걸을 때 남자애들이 수군거리는 게 들렸다. 유리, 송이, 서아 셋이 있으니 그림이 된다는 둥 하는 얘기였다. 솔직히 주희가 밝고 애교 많은 척 성격을 꾸며서 그렇지, 외모만 보면 서아가 더 예뻤다. 주희 빼고 나머지 셋은 소시지처럼 진한 쌍꺼풀 라인도 없었고 함부로 코를 팔 수도 없는 실리콘 콧대도 없었다. 예쁘고 성격도 다정하게 바뀐 송이가 우리 무리에 끼는 순간 주희는 4위로 전락할 게 뻔하다. 주희의 얼굴에 불합격 도장이 꽝 하고 찍혔다.

"대체 비결이 뭐지?"

주희는 집으로 가는 내내 손톱을 물어뜯으며 고민에 빠졌다.

'꼭 알아내고야 말겠어.'

주희의 눈빛이 무섭게 번뜩였다.

안녕, 난 보스 체리야

늦은 밤, 송이는 침대에 누워 키슈모아의 음악방송 무대를 보며 노래를 흥얼거렸다. 세 시간 전, 유리와 갔던 노래방에서 예상치도 못한 일이 일어났다. 음치에 박치에 몸치였던 송이가 아이돌처럼 제법 노래도 부르고 춤도 추었던 것이다.

맞다! 감각 스탯! 그제야 생각났다. 송이의 변신은 단순히 외모에만 국한된 게 아니었다. 그러고 보니 오늘 하루 내내 예전의 자신과는 다른 모습뿐이었다. 예전 같으면 친구들의 관심이 부담스러워 어버버거렸을 텐데 오늘은 여유롭게 대화도 하고, 누구와도 티키타카가 잘 맞았다. 심지어 노잼 개

그를 던져도 아이들은 빵 터졌다. 예전엔 친해지려고 아무리 노력해도 안 됐는데 오늘은 너무 쉬웠다. 그래서 행복했지만 조금은 씁쓸했다.

바뀐 건 그뿐만이 아니었다. 예전엔 수업 시간마다 졸렸는데 오늘은 머리가 팽팽 잘 돌아갔다. 물론 갑자기 천재가 되어 모든 게 이해가 된다거나 그런 건 아니었지만, 확실히 예전보다는 집중도 잘되고 안 풀리던 문제도 조금씩 풀리기 시작했다. 이거 진짜 요물이잖아? 송이는 캐리체인에서 온 초대장을 흐뭇하게 바라보았다. 이게 진짜 꿈은 아니겠지?

아까 노래방을 나올 때는 옆 학교 남학생들에게 번호까지 따일 뻔했다. 유리는 익숙한 듯 남자친구가 있다고 거짓말을 했고, 송이는 들뜬 나머지 번호를 주려고 했으나 유리가 쟤네 이 동네에서 유명한 날라리들이라며 말렸다. 남자친구를 사귈 기회는 물 건너갔지만 생전 처음 겪어보는 일에 송이는 예뻐진 걸 실감했다.

"유리 진짜 착해. 서아도 너무 멋있고. 주희는⋯."

송이가 토끼 키링을 바라보며 중얼거리다 멈칫했다. 오늘 하루 종일 주희의 표정이 안 좋았다. 흥, 그러게 누가 심보를 그렇게 못되게 먹으래? 그런데 이상하게도 송이의 마음은 시원하지 않았다. 왜일까. 10년에 가까운 우정이 그렇게 쉽게 사라지지 않아서일까.

괜히 심란해진 송이는 키링을 책가방에 걸고는 잘 준비를 했다. 내일은 애들이랑 뭐 하고 놀지, 유리한테는 보답으로 뭘 주면 좋을지 고민하느라 잠이 쉬이 들지 않았다.

다음 날, 끔찍한 일이 발생했다. 이건 재난이다. 아니, 재난보다 더하다.

"헉!!"

송이는 전신 거울에 비친 자신의 모습에 절망감을 감출 수 없었다. 원래 자기 모습 그대로 돌아온 것이다. 모든 게 꿈이었나? 안 돼! 그럴 리 없어!

그때 핑크색 초대장 봉투가 눈에 띄었다. 다시 편지를 읽어보니 그제야 눈에 선명히 보였다. '스페셜 캐릭터 체인지 1일 체험권'. 1일 체험권이었다니, 이럴 수가. 나 오늘 학교 어떻게 가!

송이는 침대에 엎어져 엉엉 울었다. 엄마가 다가와 다그치기도 하고 달래기도 했지만 소용없었다.

"엉엉, 이 꼴로 어떻게 학교에 가~!"

"그게 대체 무슨 소리야. 네 꼴이 뭐가 어때서?"

엄마가 송이의 어깨를 매만지며 물었다. 송이는 화가 난 나머지 벌떡 일어섰다.

"이 얼굴을 봐! 나잖아! 한송이! 슈아가 아니라 못생긴 한송이!"

"참나. 엄마 눈엔 예쁘기만 하구먼! 이 얼굴로 산 게 하루 이틀도 아니면서 갑자기 웬 유난이야?"

"뭐? 엄마 어제 나 못 봤어? 나 쟤였잖아. 슈아!"

송이가 벽에 걸린 포스터를 가리켰다. 엄마는 영문을 모르겠다는 표정으로 인상을 찌푸리기만 했다.

"네가 왜 쟤야. 넌 한송인데. 이것 봐, 오밀조밀 조막만 한 눈이랑 통통한 코, 아기 참새 같은 입술, 나랑 똑 닮은 내 딸이구만!"

"으아앙~!"

송이는 더 크게 울부짖었다. 이래서 엄마랑은 말이 안 통해! 눈이 삐어도 한참 삐었어!

결국 송이는 그날 아프다는 핑계로 학교를 빼먹었다. 하늘도 송이의 심정을 아는지 하루 종일 비가 내렸다. 송이는 컴컴한 방에서 혼자 침대에 누워 어제 찍은 사진을 바라보았다.

유리와 찍은 사진 속 송이의 얼굴은 지금 그대로였다. 어떻게 이럴 수가 있지? 어제는 이 얼굴이 아니었는데? 정말 귀신에 홀린 듯했다. 분명 나보고 존예라고 했는데? 여신에 아이돌이라고까지 했는데? 말도 안 돼. 이 얼굴이 어떻게 아이돌이야.

"흐흑⋯."

울적해진 송이는 핸드폰 화면을 끄고 다시 이불을 뒤집어 썼다. 슬픔을 넘어 공포심까지 들었다. 어제의 인기가 그저 환상일 뿐이었다니.

분명 어렸을 땐 외모에 이렇게까지 관심 있지 않았다. 아니면 관심이 있었는데 없는 척했는지도 모른다. 젊은 시절 제법 미남이란 소리를 들었던 아빠는 농담 반, 진담 반으로 넌 왜 나를 안 닮았냐며 송이에게 핀잔을 줬었다. 아빠 닮았으면 미스 코리아도 노려볼 만했을 텐데, 하면서. 친척들도 만나기만 하면 송이 외모를 품평하기 바빴다. 키는 얼마나 컸니, 살은 언제 뺄 거니, 여드름 났네 잘 씻고 다녀라. 여드름이 잘 씻기만 하면 낫는 병인 줄 아나? 그런 건 내면이 빈 사람들이나 신경 쓰는 거야. 송이는 그럴수록 오히려 외모에 신경 안 쓰는 척 쿨하게 행동했다. 하지만 사춘기가 찾아오고 예쁜 아이돌이 눈에 들어오고 남자아이들이 의식되면서 그 마음은 오래가지 못했다. 사실은 나도 예뻐지고 싶었다.

"흑흑… 크흥! 흑흑….."

송이는 코를 팽, 하고 풀다 다시 생각에 잠겼다. 몇 년 전 학교에서 코를 푼 적이 있는데 옆에 있던 남자애가 "와, 진짜 존못!"이라고 놀리더니 그 모습을 사진까지 찍어 애들에게 돌린 적이 있었다. 그 이후로 남들 앞에서 코를 풀거나 인상을 찌푸리지도 못했다. 내가 그렇게 못생겼나? 코를 맘대로 풀지도 못할 만큼? 그날 처음으로 송이는 외모 때문에 울었다.

못생긴 건 죄가 아니잖아. 그런 법 같은 건 지구상에 존재하지 않잖아. 그런데 왜 이렇게 죄를 지은 것 같지? 나는 태어나면 안 되는 거였나?

송이는 이불을 걷고 가만히 천장만 바라보았다. 옆을 보니 화장대 거울에 얼굴이 비쳤다. 으악. 부은 얼굴 진짜 못생겼다. 쳇, 나 스스로도 이렇게 생각하는데 남들이라고 다를 리가. 몸을 추스르고 일어나 앉았다. 바로 맞은편에 홈 캠이 보인다. 기분 탓인지 모르겠지만 송이를 똑바로 바라보는 것 같았다. 마치 아까부터 송이를 주시했다는 듯이.

"홈 캠… 쇼핑몰….."

잠깐만, 1일 체험권이면 평생 체험할 수도 있다는 말 아냐? 가격이 비싸긴 하겠지만 그래도 평생 그 얼굴로 살 수 있다면 내 전 재산을 모두 탕진해도 좋아.

송이는 홀린 듯이 스르르 일어나 컴퓨터 앞에 앉았다. 모니터를 켜니 비밀 쇼핑몰 화면이 나타났다. 아바타 송이는 여전히 예뻤다.

"휴….."

송이는 크게 심호흡을 한 번 한 뒤 장바구니를 클릭했다. 그런데 이전과는 화면이 조금 달랐다. 원래라면 결제창 없이 바로 '체인지' 버튼이 나오는데 오늘은 '결제하기' 버튼이 먼저 나왔다. 이상한 건 가격이 뜨지 않는다는 것.

가격은 쉿, 비밀

대신 장바구니 바로 밑에 이렇게 적혀 있었다. 결제창으로 넘어가도 주소를 적는 칸도 없고, 결제 수단을 선택하는 칸도 없었다. 그저 '결제하기' 버튼 밑에 네모난 하얀 박스가 있고 커서가 깜빡일 뿐이었다. 그 아래로는 아직 누를 수 없

76

다는 듯 회색의 체인지 버튼이 있었다.

"이게 대체 무슨 말이야…?"

송이가 중얼거리던 바로 그 순간 쇼핑몰 채팅창이 화면에
나타났다.

Boss♥Cherry : 반가워. 난 보스 체리야.

보스 체리? 송이는 사이트 아래 정보란에 작게 적힌 글씨
를 보았다. 거기엔 '쇼핑몰 대표 : 보스 체리'라 적혀있었다.

Boss♥Cherry : 편하게 체리라고 불러도 돼. 난 이 쇼핑몰의 운영자야.

백짬뽕 : 그래서요?

Boss♥Cherry : 놀랐지? 캐리체인 비밀 쇼핑몰의 비밀은 바로 가격이
비밀이라는 거야.

백짬뽕 : 네? 그게 대체 무슨….

Boss♥Cherry : 한 번 결제하면 일주일 이용할 수 있어.

누구의 비밀도 상관없단다.

체리의 말에 송이는 떨떠름한 기분으로 결제 창을 바라보았다. 체리의 말대로 안내 사항에 누군가의 비밀을 적으면 결제가 완료된다는 말이 적혀 있었다.

Boss♥Cherry : 그럼 즐거운 쇼핑 되길♥

이윽고 채팅창은 사라졌고 송이는 마치 자신의 마음을 안다는 듯 말을 걸어온 보스 체리의 정체가 수상했다. 그렇지만 거부할 수 없는 강한 끌림이 송이의 마음을 사로잡았다.

"그래, 공짜나 다름없는데 밑져야 본전이지."

송이는 네모난 칸에 자신의 비밀을 적으려다 멈칫했다. 굳이 내 비밀을 온라인에 익명으로라도 누설할 필요가 있을까. 누구의 비밀도 상관없다고 했지…?

송이는 결심한 듯 천천히 타이핑을 했다. 처음엔 망설였지만 점점 속도가 빨라졌다.

해화 고등학교 1학년 3반 방주희는 사실 성괴다.

검은색의 뚜렷한 글자를 보니 괜히 속이 시원했다. 여기다 적는다고 뭔 일이 일어나겠어? 송이는 미련 없이 연둣빛으로 바뀐 체인지 버튼을 눌렀다.

비밀 결제가 완료되었습니다. 감사합니다.

너무 쉽게 결제가 끝났다. 카드 번호도 계좌이체도 필요 없었다. 가격이 비밀이라니. 뭔가 허탈하고 웃기면서도 찜찜하다.

송이는 갑자기 피로가 느껴져 침대로 빨려 들어가듯 스르르 누웠다. 배도 고프지 않았고 기분도 한결 편안해졌다. 송이는 뺨에 남은 눈물 자국이 침으로 덮이는 것도 모른 채 잠이 들었다. 기분 좋은 꿈을 꾸는 듯 새근새근, 아주 포근하게.

삐빅-
친구의 비밀이 결제되었습니다

다음 날 아침, 상상치도 못한 일이 벌어졌다. '모두의 교실'
에 충격적인 글이 올라온 것이다.

제목 : 해화고등학교 1학년 3반 방주희는 사실 성괴다.

작성자명 : 백짬뽕

내용 : 방주희가 성형 괴물이라는 증거 사진.

80

참 기묘하게도 송이가 완벽한 모습을 되찾자마자 주희의 과거 사진이 전교생이 다 보는 커뮤니티에 올라오고 말았다. 사진은 급속도로 퍼졌고, 아이들의 친목용 단톡방에도 단 1초 만에 뿌려졌다. 1학년 3반뿐 아니라 주희를 알건 모르건, 가십이라면 사족을 못 쓰는 학생들 모조리 다 주희의 과거를 알게 됐다.

"헐 대박! 방주희 졸사 완전 빻음!"

교실 뒤편에서 남자애들끼리 하는 소리가 들려왔다. 여자애들도 그동안 성형해 놓고 자연이라고 뻥 친 거냐며 수군거렸다. 주희는 고개를 푹 숙인 채 순 악플뿐인 댓글들을 쭉 읽어 내려갔다.

ㄴ 쪼리뽕 : ㅋㅋㅋ 얘가 인기투표 5위라고?

ㄴ 최애는으누 : 아악ㅋㅋㅋㅋㅋ 안 그래도 얘 이쁜 척하는 거 꼴 보기 싫었는데 토 나와

ㄴ 골드미만잡 : 아니 진심 누구세요...?

ㄴ 서울대26학번 밍띠 : 별로 놀랍지도 않음 저번에 보니까 엄청 티 나던데?

ㄴ 동윤쌤살앙해요 : 장유리랑 놀더니 지도 그 급인 줄 아나봄 ㅋㅋ

맨 앞자리에 앉아 있던 송이도 댓글을 읽고 있었다.

'이건 말이 좀 심하잖아? 다들 앞에선 웃으면서 대해놓고 속으로는 이런 생각을 하고 있었단 말이야?'

송이는 슬며시 뒤를 돌아 주희의 눈치를 봤다. 제대로 빗지도 않은 헝클어진 정수리가 보인다. 10년 가까이 절친한 친구로 지내면 보이지 않아도 알 수 있다. 지금 주희의 표정이 얼마나 붉으락푸르락 할지.

송이는 다시 게시글을 확인했다. 뭔가 이상하다. 어째서 쇼핑몰에 쓴 비밀이 '모두의 교실'에 올라온 걸까? 심지어 작성자명도 송이의 닉네임인 백짬뽕이다. 맹세코 송이는 이런 글을 쓴 적이 없다. 어제 하루 종일 잠만 자느라 핸드폰은 쳐다보지도 못했는걸. 게다가 사진을 올렸다는 건 졸업 앨범을 뒤졌다는 건데, 몽유병이 있지 않은 한 불가능한 일이다. 멍하니 생각에 잠겨 있던 송이는 꺼진 핸드폰 화면 속 토끼같이 초롱초롱한 자신의 눈망울을 바라보았다.

'예쁘다.'

송이는 카메라를 켜 한참 동안 셀카를 찍었다. 송이의 뒤로 연지, 다미, 유리가 "나도, 나도!"하면서 다가왔다. 네 사람은 화기애애하게 포즈를 취하고는 친해진 지 얼마나 됐다고 얼굴을 맞대고 입술까지 내밀었다. 그 모습을 가만히 바라보던 주희가 책상을 쾅 치며 일어났다.

"나 아냐! 이거 다 합성이야!"

주희는 자기 사진을 보며 낄낄 웃는 남자애들에게 다가가 덥석 핸드폰을 집어 던져버렸다.

"야! 미쳤냐?"

"나 아니라고! 나 아니란 말이야! 나 아니라고오-!"

주희는 자리에 주저앉아 엉엉 울었다. 교실에 있던 아이들이 모두 주희에게로 몰려들었다. 누군가는 속닥거렸고 누군가는 핸드폰을 들어 영상을 찍었다.

"주희야!"

서아가 주희를 일으켜 세우려고 팔을 붙잡았지만 주희가 발버둥 치는 바람에 오른쪽 뺨을 맞고 말았다. 그렇거나 말거나 주희의 신경은 온통 그 글을 쓴 사람이 누군지 찾는 데만 쏠려 있었다.

"야, 너지! 한송이!"

주희가 갑자기 울음을 뚝 그치더니 벌떡 일어나 송이에게 다가갔다.

"무, 무슨 소리야!"

송이는 당황해서 핸드폰을 주머니에 집어넣었다. 혹시라도 로그인 화면을 보기라도 하면 송이가 백짬뽕이라는 걸 들키고 말 테니 말이다.

"너밖에 없잖아! 나랑 같은 유치원, 초등학교, 중학교 다녔던 애! 그리고 나랑 같은 고등학교까지! 한송이 너뿐이잖아!"

주희가 한 대 칠 것처럼 송이에게 다가가자 평소엔 송이를 신경도 쓰지 않던 짝꿍 용우가 주희를 막아섰다.

"야, 뒤로 물러나서 얘기해. 증거도 없이 사람 몰아붙이지 말고."

"무슨 증거가 더 필요해! 완전 빼박인데!"

"졸업사진이야 너 나온 학교만 알면 어떻게 해서든 구할 수 있는 거 아닌가?"

연지가 주희 뒤에서 소심하게 중얼거렸다. 그러자 여기저기서 너도나도 연지 말이 맞다며 수군거렸다.

"솔까 없는 사실 말한 것도 아니고 자연이라고 구라 친 건 넌데 왜 엄한 데 화풀이야?"

이번엔 다미였다. 다미는 송이에게 안심하라는 듯 어깨에 손을 살포시 얹어주었다.

"와~ 너네들 진짜! 언제는 나랑 우정 뽀에버니 뭐니 외치더니 이러기야?"

"그건 네가 거짓말쟁이라는 걸 알기 전 얘기고."

유리였다. 주희는 자기 목덜미에 서늘하게 닿는 유리의 목소리에 순간 움찔했다. 이런, 이미지 관리를 했어야 하는데…! 방주희, 이 바보!

"유리야…!"

주희는 뒤늦게 목소리 톤을 바꾸더니 유리를 처량한 눈빛으로 바라보았다.

"나 너무 억울해. 나 눈만 고쳤어. 요즘엔 쌍수는 성형도 아닌 거 알지? 너는 자연 그대로 너무 예쁜데 나는 쌍수 한 거 들키면 안 좋게 볼까 봐 겁나서 그랬어. 이해하지?"

주희가 횡설수설하는 동안 수업 종이 울렸다. 유리는 주희의 말에 싸늘한 표정으로 대답을 대신했다. 처음 보는 유리의 표정에 충격을 받은 주희는 멍하니 서 있다가 수학 선생님이 혼내고 나서야 제자리로 돌아갔다.

'하, 미치겠네…. 어떡하지?'

송이는 입술을 잘근잘근 깨물었다. 뭔가 잘못되어도 단단히 잘못된 거 같았다. 만약 어제 송이가 자기 비밀을 썼다면 오늘 송이가 주희 꼴이 났을 것이다. 완벽한 미모를 계속 유지하려면 누군가의 비밀을 계속 쇼핑몰에 팔 수밖에 없다.

'그런데 대체 왜?'

대체 누가, 어째서, 왜, 이런 말도 안 되는 짓을 벌이는 걸까? 도무지 이해가 안 되면서도 한편으로는 안심도 됐다. 누군가의 비밀만 있다면, 그러기만 한다면 난 평생 이렇게 살 수 있다. 얼마나 편해? 성형처럼 아프거나 돈이 들지도 않고, 화장처럼 귀찮게 시간을 들일 필요도 없고, 심지어 키도 커지고 성격도 좋아지고 머리도 좋아질 수 있어. 이보다 완벽한 캐릭터 체인지가 있을 수 있나? 이것만 있다면 난 뭐든 할 수 있을 거야. 아이돌도 할 수 있고 스포츠에 도전해 올림픽에 나갈 수 있을지도 몰라. 그래, 나에겐 비밀이 필요해. 하지만 내가 아닌, 다른 누군가의 비밀이….

그때 송이의 눈에 누군가가 번뜩 들어왔다. 임서아. 맞아, 서아 상담부였지? 상담부면 친구들 비밀을 많이 알겠네.

"친해져야겠다."

송이의 입가에 미소가 씩 떠올랐다.

* * *

일주일 앞으로 다가온 동아리 발표회로 학교는 분주한 분위기로 가득했다. 동아리 발표회는 해화고등학교에서 봄이 지나기 전 늘 하는 학교 축제였다. 특히 인기투표에서 1등을 하면 '에밀리 뷔페 식사권'까지 주어지는데, 이걸 타기 위해 아이들은 열과 성을 다해 쉬는 시간까지 쪼개가며 회의와 연습에 몰두했다.

아무 동아리도 들지 않은 송이와 주희만 쉬는 시간에 할 일 없이 앉아 있었다. 연지가 송이에게 같이 밴드부를 하자며 보채긴 했지만 거절했다. 송이가 들어가야 할 동아리가 있다면 그건 밴드부가 아닌 상담부일 것이다.

'내일이면 캐릭터 체인지 이용 기간이 끝나. 얼른 서둘러야 해.'

점심시간. 송이는 서아를 찾으려 두리번거렸다. 부 활동이라도 하러 간 걸까. 그런데 일주일 전부터 망부석처럼 앉아서 잠만 자던(자는 척이지만) 주희도 보이지 않는다. 어디 간 거지? 갈 데도 없는 애가.

"신경 끄자. 나도 그 꼴 날라."

송이는 주희 생각을 떨치려는 듯 머리를 부르르 떨고는 교실 밖으로 나섰다.

상담실은 굳게 닫혀 있었다. 창문에 '상담 중입니다'라는 팻말이 걸려 있는 걸 보니 누가 안에 있는 모양이다.

"에이, 시간 얼마 없는데."

핸드폰으로 시간을 확인했다. 다음 수업 시간까지 10분 정도 남아 있었다.

"너무 고마워."

그때 상담실에서 익숙한 목소리가 들리더니 의자 끄는 소리가 들렸다. 상담받던 학생이 일어서나 보다. 송이는 한 발 뒤로 물러나 딴청을 피웠다. 아무래도 상담부에 들락거리는 건 그다지 들키고 싶지 않은 일이다.

드르륵.

문이 열리더니 눈물 자국이 선명한 주희의 얼굴이 대뜸 나타났다. 송이는 주희와 눈이 마주쳤다. 주희는 잔뜩 눈썹을 일그러뜨리며 불쾌한 티를 냈다.

"설마 내 얘기 엿들은 거야?"

"그럴 리가! 나는 서아한테 볼 일 있어서 왔어."

거짓말인 것 같진 않았다. 주희는 송이를 짧게 노려보고는 교실로 향했다.

"휴…."

송이가 안도의 한숨을 내쉬며 상담실로 들어서자 상담 일지를 정리하던 서아가 의외라는 얼굴로 송이를 바라보았다.

"안녕, 서아야. 너뿐이야?"

"응, 상담할 땐 상담자랑 내담자 둘만 있는 게 원칙이거든."

서아는 어색하고 불안한 송이의 표정을 보고 자기에게 할 말이 있다는 걸 눈치챘다.

"상담?"

"응? 아, 응."

차마 비밀을 캐내러 왔다고 할 순 없었다.

"근데 아까 주희는 무슨 일이래?"

"그건 말할 수 없어."

서아가 상담일지를 사물함에 넣고는 자물쇠를 잠갔다. 송이의 시선이 거기에 잠시 머물렀다. 저기에 모든 비밀이 있다.

"시간이 10분밖에 없는데 괜찮겠어? 다음엔 예약하고

와."

"으응, 그럴게."

송이는 자물쇠를 어떻게 열지 고민하느라 눈빛이 흔들리고 있었다. 중학생 때부터 심리학 책을 달달 외웠던 서아는 그 눈빛을 놓치지 않았다.

"너 무슨 일 있지?"

"응?"

"평소랑 좀 달라 보여서. 무슨 일이야?"

서아는 송이에게 앉으라며 네모난 철제 책상 앞 의자를 가리켰다. 송이는 서아가 자리에 앉고 나서야 어정쩡하게 자리에 앉았다.

'아 씨, 뭐라 말하지? 딱히 고민이 없는데….'

"말하기 힘들 수 있어. 괜찮으니까 마음의 준비가 되면 얘기해 줘."

서아가 따뜻하게 미소 지으며 말했다. 항상 차가워 보이던 서아에게 이런 면이 있는지 전혀 몰랐다. 역시 사람은 겉만 봐서는 모르는 거구나.

"진로 문제야? 아님 인간관계?"

송이가 하도 뜸을 들이자 서아가 넌지시 물었다.

"으응…."

"인간관계는 누구나 다 어렵지. 특히 너라면 더 그럴 수도."

"나? 어째서? 나 요즘 완전 인싼데? 이번 주에만 약속 3개나 잡혔어."

송이는 외톨이 시절이 떠올라 욱하듯 말을 내뱉었다. 그러다 당황한 서아의 표정을 보고 나서야 자기가 오버했다는 걸 깨달았다.

"주희 때문에 고민하던 거 아니었어?"

"아~."

맞다. 주희가 있었지. 송이는 요즘 하도 친구들에 둘러싸여 사느라 미처 주희를 생각하지 못하고 있었다. 하루에 연락 한 통이라도 오면 감지덕지였던 송이가 이제는 매일 울려대는 알림에 길을 가다 전봇대에 머리를 들이받을 정도였다. 어제도 친구들과 마라탕을 먹으러 갔고 내일은 유리, 연지, 다미, 그리고 다미 단짝 해리랑 놀이공원에 가기로 했다. 갑자기 생긴 약속들에 씀씀이가 커졌지만 금수저 유리 덕분에 얻어먹는 게 더 많았다. 송이는 이 삶을 하루라도 더 유지하고 싶었다. 못난이 방주희 같은 애에게 신경 쓸 겨를이 없다.

"요즘 유리랑 많이 친해졌더라?"

"응. 유리가 날 좋아해 줘서 정말 다행이야."

"그게 왜 다행이야?"

"어? 그야, 누가 날 좋아해 주면 좋잖아."

송이의 말에 서아의 눈동자가 생각에 잠기는 듯했다. 송이는 말실수를 했나 싶어 서아의 눈치를 살폈다.

"유리는 사람을 인형처럼 다루는 경향이 있어. 꼭 나쁜 의미가 아니라 그게 걔의 관계적 습관이야."

"관계적 습관?"

"누군가와 관계를 맺을 때 나오는 저마다의 버릇 같은 거 말이야."

흐음⋯. 송이는 서아의 말을 곱씹었다. 서아는 한 번씩 깊이 생각하게 되는 말을 하곤 한다.

"유리는 늘 사람들에 둘러싸여 있지만 실은 외로운 아이야. 자기 외모나 돈 때문에 친구들이 따르는 거라고 생각하거든. 그래서 선물을 주거나 칭찬 공세를 하면서 친구들의 환심을 얻고, 그 뒤엔 자기 물건처럼 집착해. 싫어지면 바로 버리고 말이야. 겉으로는 밝고 친절하지만 어릴 때부터 베이비시터 아줌마 손에만 커서 애정결핍이 조금 있어."

"전혀 몰랐어."

"그랬겠지. 나는 유리에 대해 아무에게도 얘기하지 않으니까. 유리 부모님이 이혼하시면서 그 버릇은 더 심해졌어. 유리네 가족은 소위 말하는 콩가루 집안이거든."

"어, 하지만…."

"알아. 기사에서 봤지? 유리네 부모님 잉꼬부부라고 떠드는 거. 안타깝지만 쇼윈도야. 별거한 지 10년도 넘었고 작년 겨울에 이혼하셨어."

"근데 그걸 나한테 말해줘도 돼?"

"곧 이혼 기사 나갈 거라 어차피 모두 알게 될 거야. 그래도 그전까진 비밀이다?"

서아가 당부하듯 힘을 주어 말했다.

"아무튼 유리한테 너무 길들여지지는 마. 그래야 유리도 철들고 너도 쓸모없는 감정 싸움에 휘말리지 않지."

서아는 벽에 걸린 시계를 힐끔 보더니 입꼬리를 살짝 올렸다.

"시간 다 됐다. 교실로 돌아가자."

서아가 자리에서 일어났다. 송이도 몸을 일으켜 세웠지만 머리는 의자에 박힌 듯 무거웠다. 유리에게 길들여지지 말라

고? 쓸모없는 감정 싸움? 난 지금 너무 행복한데…? 송이가
이해하기엔 서아의 말이 너무 알쏭달쏭했다. 이상해. 서아는
강보다는 바다 같아. 도무지 속을 헤아릴 수가 없어.

집으로 돌아온 송이는 캐리체인 비밀 쇼핑몰에 당장 접속
했다. 비밀, 비밀, 또 누구 비밀을 밝혀야 하지? 내가 아는 비
밀이 더는 없는데….

"유리네 가족은 소위 말하는 콩가루 집안이야."

문득 아까 서아에게 들었던 말이 떠올랐다.

'괜찮겠지? 어차피 밝혀질 거라는데. 그럴 바엔 비밀일 때
내가 써먹으면 좋잖아.'

송이는 주희의 비밀을 쓸 때보다 좀 더 오래 고민했다. 유
리가 슬퍼하는 걸 보고 싶진 않다. 하지만 어차피 겪어야 할
일이다. 조금 빨리 겪는다고 해서 큰 문제는 안 생기겠지.

"미안, 유리야."

1학년 3반 장유리의 부모님은 사실 이혼했다.

송이는 결심을 하자마자 결제창에 비밀을 단번에 입력했

다. 무사히 체인지 버튼을 누르고 나서야 송이는 안심했다. 또 이 얼굴로 살 수 있겠구나. 다음번엔 다른 얼굴로 해볼까? 능력치도 좀 바꿔야겠어. 곧 있으면 모의고사니까 브레인을 확 올려야겠다. 그리고 요즘 애들 눈치 보느라 감정 소모를 너무 많이 했어. MBTI도 ST로 바꾸자.

송이는 세수를 하면서도 양치를 하면서도 캐릭터 체인지와 어떻게 하면 상담부 비밀 사물함을 열 수 있을지를 고민했다. 그리고 한밤중 스르르 눈이 감겨 잠이 들 때까지 더 이상 생각하지 않았다. 이 선택이 어떤 파장을 불러일으킬지에 대해서.

임서아가 백짬뽕?

    소문은 진실보다 재밌는 법이다. 그게 소문의 존재 가치이기 때문이다. 재미없는 소문은 제아무리 사실이어도 퍼지지 않으며, 거짓은 진실과 섞일 때 진가를 발휘한다. 때로는 작은 눈송이에 지나지 않았던 소문이 큰 눈덩이가 되어 커다란 산사태를 일으키기도 한다. 유리에게 오늘 아침 닥친 일도 그랬다. 상상도 할 수 없었던 눈덩이가 아침 댓바람에 유리의 얼굴을 집어삼켰다.

    "아아아~!"

    유리의 비명에 유리가 세 살 때부터 돌봐주시던 시터 아줌마가 방으로 뛰어 들어왔다. 유리의 방은 아줌마의 손길로 깔끔하게 정돈되어 있었다. 유리가 침대 위 인형들을 마구 집어던지기 전까진.

"어머나, 이게 무슨 일이람?"

"누구야! 대체 누가 말한 거야!"

더 이상 던질 인형이 없자 유리는 핑크색 레이스가 달린 캐노피를 쥐어뜯었다.

"제발 그만하렴. 이거 300만 원짜린데 찢어지겠어!"

아줌마가 유리의 손을 붙들고 말렸다. 유리는 아무 죄 없는 아줌마를 힘껏 노려보았다.

"지금 그게 중요해? 대체 우리 언론 대응팀은 일을 어떻게 처리하는 거야?"

유리는 핸드폰 화면을 아줌마에게 들이밀었다.

"1학년 3반 장유리의 부모님은 사실 이혼했다?"

아줌마가 어안이 벙벙한 얼굴로 모두의 교실에 올라온 글을 더듬더듬 읽었다.

"대체 어떻게 된 거냐고! 이게 왜 우리 학교 커뮤니티에 올라왔냔 말이야!"

"마음은 알겠지만 어차피 다음 주에 공식 발표 날 거라는 거 알고 있었잖니.”

“그래도 싫어! 나는 화목한 집에서 자란 상냥하고 따스한 히메 사마란 말이야!”

“히메 사마가 아니라 공주님.”

“뿌엑-!”

유리가 혀를 힘껏 내밀며 이상한 소리를 냈다. 밖에서는 참 참하고 어여쁜 아가씨가 집에만 오면 어리광쟁이가 된다. 아줌마는 엄마 품에 제대로 안겨본 적도, 아빠 손을 진득하게 잡아본 적도 없는 유리가 안쓰러웠다. 이대로 영영 아기 취급만 받으려 할까 겁나기도 했다.

“임서아야. 임서아가 분명해. 난 이 얘길 서아한테만 했다고. 봐봐, 닉네임도 백짬뽕이잖아! 임서아가 제일 좋아하는 음식이 짬뽕이거든. 그러고 보니 얘 엄마 재혼하기 전까지 백 씨였어! 미친! 백짬뽕이 임서아네!”

유리는 확신에 찬 눈으로 아줌마를 바라보았다.

“아줌마, 얘를 어떡하면 좋지? 어떻게 조져야 잘 조졌다고 소문이 나지?”

“아유 참, 예쁜 말 고운 마알!”

“가만 안 둘 거야. 어떻게 내가 꽁꽁 숨겨왔던 비밀을 퍼뜨릴 수가 있어?"

유리는 이제 아무 말도 들리지 않았다. 퀸사이즈 침대 세 개는 넉넉히 들어갈 커다란 방이 사방이 가로막힌 뒤주라도 된 듯 유리는 꼼짝 않고 앉아 서아를 어떻게 혼쭐낼지 생각했다.

아침 7시 40분. 유리는 항상 기사가 운전해 주는 차를 타고 아침 7시 40분에 학교에 도착한다. 여유롭게 학교 정문을 들어설 때면 일찍 등교한 학생들이 한 번씩 유리를 쳐다본다. 그럼 유리는 가볍게 미소 지어주고는 아는 사이면 먼저 다가가 인사했다. 이건 머리에 열이 나도록 화가 났던 오늘 아침도 예외는 아니었다. 유리는 집을 나서기 전 머리 세팅을 다시 확인하면서 미소 짓는 연습을 했다.

"나는 명진건설 회장 손녀이자 부회장 딸 장유리야. 난 예뻐. 늘 상냥하고 늘 우아하지."

아침마다 유리는 주문을 걸듯 거울에 대고 말했다. 이렇게 마인드 콘트롤을 하면 그날 하루는 신기하게 잘 흘러가곤 했다. 하지만 오늘은 왠지 모르게 불안한 심정을 감출 수 없었다.

"안녕, 좋은 아침!"

유리는 눈웃음을 흘리며 교실에 들어섰다. 아이들은 유리를 보고도 인사도 하지 않고 핸드폰을 보며 쑥덕거렸다.

"방송에서는 완전 잉꼬부부처럼 행동하더니, 순 거짓말이었네."

"쟤 아빠 같은 남자랑 결혼하는 게 꿈이라고 하지 않았냐? 아빠가 바람폈다는데?"

"사실 유리가 바람 피워서 낳은 딸이고 그것 때문에 조강지처랑 이혼하려고 한 거라던데?"

"어떡해~ 유리 너무 불쌍해."

온갖 소문이 걷잡을 수 없이 불어나고 있었다. 내가 혼외자라니 무슨 말도 안 되는! 이게 다 임서아 때문이잖아!

그때 서아가 유리에게 조심스럽게 다가왔다.

"유리야. 괜찮아?"

진심으로 걱정하는 표정이었다. 이게 연기라면 아카데미상을 휩쓸어도 될 정도다.

"네 눈엔 내가 괜찮은 거 같니?"

유리의 날카로운 반응에 잠시 당황했지만 서아는 이해한다는 얼굴로 유리의 어깨를 감쌌다.

"애들이 하는 말 신경 쓰지 마. 다 널 모르고 하는 소리니까."

그 말에 유리는 순간 울컥했다. 하지만 곧바로 마음이 파도치듯 바뀌었다.

"네가 그래놓고 이제 와서 신경 쓰지 말라고?"

"응? 그게 무슨 말이야?"

"너잖아. 백짬뽕."

"뭐? 백짬뽕?"

"주희 성형 사실 까발린 것도, 내 가족사 까발린 것도 다 너잖아! 그치? 맞지?"

유리는 감정을 주체하지 못하고 그만 큰 소리로 외쳐버렸다. 수군거리던 교실이 고요해졌다. 진눈깨비 같은 눈동자들이 서아와 유리를 주시했다. 그들 사이엔 시선을 둘 곳을 알지 못하는 송이의 그림자도 있었다. 송이는 아이들 틈에 숨어 가만히 상황을 지켜보았다.

"무슨 소리야. 내가 백짬뽕이라니. 난 그 글 보자마자 네가 걱정돼서 아까부터 너 기다리고 있었는데."

"시치미 떼지 마! 우리 부모님 이혼한 거 아는 사람 너밖에 없단 말이야."

그 말에 서아는 퍼뜩 정신이 드는 듯했다. 맞아. 그랬지. 하지만 어제 이후로 한 명 더 늘긴 했어, 유리야. 그게 누구냐면…. 서아는 지긋이 송이를 바라보았다. 다만 아무런 말도 하지 않았다. 어찌 됐든 자신이 친구의 비밀을 말해버린 건 사실이다. 그 대상이 한 명이건 모두가 볼 수 있는 커뮤니티건, 서아가 소문의 근원지가 된 걸 부정할 수 없었다.

"오해야. 이건 나중에 내가 따로 설명할게."

"됐어. 넌 이제 내 친구도 아냐."

유리는 눈물을 훌쩍이며 교실 밖을 뛰쳐나갔다. 서아가 유리를 쫓아가려는 그때 송이가 벌떡 일어나 유리의 뒤를 쫓았다. 무슨 꿍꿍인지 알 만했다. 이 틈에 유리의 환심을 더 사려는 거겠지. 자기를 의심하지 못하게 철저히 연기하면서.

"내가 괜한 걱정을 했구나."

서아는 유리보다 더한 송이에 혀를 내둘렀다.

아~ 지쳐. 대체 왜 인간은 인간의 마음을 갉아먹는 걸까? 왜 우리는 둘도 없는 친구였다가 하루 만에 좀벌레보다 못한 존재가 되고 마는 거지? 서아는 오랜 친구의 근거 없는 확신에 마음에 화상을 입은 것처럼 아팠다. 나를 그렇게 못 믿나? 이제껏 내가 단 한 번이라도 네 얘길 함부로 한 적 있어? 어젠 그럴 만한 사정이 있었다고. 왜 내 얘긴 들어보지도 않고 단정 짓는 거야?

서아는 자리에 앉아 읽히지도 않는 책을 펼쳤다. 어지러운 마음을 진정시키려 활자를 억지로라도 눈에 담았다. 그러자 조금씩 마음이 가라앉기 시작했다. 이어 마음이 차분해지다 못해 얼음처럼 차가워졌다.

'나도 너 같은 친구 필요 없어.'

서아의 마음이 새벽 공기처럼 알싸하게 식었다. 매번 제멋대로고 가식적이고 남의 배려를 당연시하는 너 같은 친구는 이젠 나도 필요 없어.

서아는 자그마치 6년을 이어온 유리와의 우정에 금을 내기로 선택했다. 그깟 소문 때문에. 그리고 이 소문은 서아가 백짬뽕이라는 근거 없는 사실에까지 닿았다. 서아는 해명하고 싶었지만 그러지 않았다. 못한 것이 아니라 하지 않았다. 또래 상담부 부회장이 남의 비밀을 발설했다는 걸 굳이 밝히고 싶지 않다는 이유도 있었지만 그보다 소문에 휘둘리고 싶지 않았다.

'소문이 가진 진실은 그걸 믿는 자가 멍청이라는 것뿐이다.'

서아는 읽고 있던 책의 글귀를 입안 가득 머금으며 마음을 다잡았다.

장바구니에 담긴 위험한 비밀들

"무슨 고민으로 왔다고?"

또래 상담부 회장이자 2학년 5반 환경미화부장인 서윤이
가 갑자기 찾아온 송이를 보며 물었다. 송이의 유일한 고민
은 상담일지가 든 사물함 비밀번호를 어떻게 알아내느냐였
지만, 차마 그렇다고 말할 순 없었다.

"갑자기 친구들을 많이 사귀게 됐는데 걔네가 저랑 멀어
질까 봐 두려워요."

학교 여신으로 유명한 송이의 고민에 서윤이는 깜짝 놀랐
다. 항상 친구들을 몰고 다니며 웬만한 아이들에게는 호감을

얻고 있는 아이였다. 그런 애가 친구들이랑 멀어질까 봐 고민이라니.

"그랬구나. 지금 뭐 정리하고 있던 중이라, 잠깐 거기 앉아서 기다려줄래?"

서윤이가 송이에게 상담용 책상 앞에 앉으라고 권했다. 그러거나 말거나 송이는 그녀의 얼굴을 찬찬히 뜯어보았다. 빳빳한 단발머리에 화장기 없는 수수한 얼굴, 이마에 난 뾰루지 하나, 각질 제거를 얼마나 안 한 건지 퍼석한 입술. 단정한 교복 차림과 반들반들한 안경. 성격은 착해 보이지만 인기는 없을 타입이다.

"뭐라도 좀 마실래?"

서윤이가 물었지만 송이는 아까부터 서윤이가 정리하고 있는 상담일지가 신경 쓰여 듣지 못했다. 저기에 아이들의 비밀이 적혀 있다. 저 일지를 몰래 훔쳐볼 수 없을까? 안 돼, 사물함 비밀번호를 모르는걸.

그때 송이의 눈에 사물함 자물쇠가 딱 들어왔다. 문방구에서 흔하게 파는 버튼식 자물쇠다. 그냥 펜치로 딴 다음에 새 걸로 바꿔놓을까? 아냐 아냐, 그럼 비밀번호가 바뀌니까 금방 들킬 거야. 비밀번호 새로 바뀌었다고 상담실 게시판에 써놓으면? 그럼 되지 않을까? 대체 누가 그랬냐고 따지면? 하아, 어쩌지…. 상담부에 들어가기라도 해야 하나.

"애, 내 말 듣고 있니?"

"네? 아, 네. 죄송해요. 제가 빈혈기가 있어서 머리가 어지럽네요."

시체같이 하얀 송이의 얼굴을 보니 빈혈이 있을 법도 했다. 순진한 서윤이는 송이의 흑심도 모른 채 그 말을 곧이곧대로 믿었다.

"스트레스 때문에 그런 거 아냐? 왜 애들이 너랑 멀어질 거라고 생각해?"

"제일 친한 단짝 친구가 그랬거든요. 정말 믿었는데 배신감이 컸어요."

송이는 입으로는 말하면서도 눈으로는 서윤이가 정리하고 있는 상담일지를 쫓고 있었다.

서윤이는 다 정리한 상담일지를 파일에 넣더니 사물함 앞으로 다가갔다. 그런 다음 자물쇠 버튼을 하나하나 꾹꾹 눌렀다. 송이는 번호를 보기 위해 허리를 최대한 사선 방향으로 뻗었지만 서윤이의 팔에 가려 잘 보이지 않았다. 이렇게는 안 돼. 뭐라도 해야….

서윤이가 일지를 넣고 사물함을 닫으려는 순간 송이가 꺅,
하고 소리를 질렀다.

"무슨 일이야?"

놀란 서윤이가 뒤를 돌아보았다. 자물쇠는 아직 잠기지 않
았다.

"벌레, 벌레!"

송이가 창문 쪽을 가리키더니 무섭다는 듯 서윤이의 팔을
꼭 붙잡았다.

"어디? 어디?"

"저기요, 저기! 엄청 큰 바퀴벌레가!"

송이는 커튼 쪽을 가리켰지만 아무것도 보이지 않았다.

"안 보이는데?"

"저기 있잖아요, 저기! 에프킬라 없어요?"

"교무실에서 빌려올게."

"얼른요!"

송이는 다리까지 구르며 명연기를 펼쳤다. 서윤이는 헐레
벌떡 상담실을 나섰다. 송이는 서윤이의 뒤통수가 사라지
마자 안도의 한숨을 내뱉고는 바로 자물쇠를 확인했다.

"3756… 3756….."

송이는 까먹기라도 할까 봐 펜으로 손바닥에 번호를 적었다. 그런 다음 자물쇠를 잠그고 버튼을 원상복구했다. 이러면 서윤이는 자기가 자물쇠를 잠갔다고 착각하리라.

"여깄어! 에프킬라!"

서윤이가 벌레 퇴치제를 들고 뛰어 들어왔다. 그런데 송이는 아까 오두방정을 떨던 모습은 온데간데없고 매우 침착한 얼굴로 서윤이를 바라보았다.

"도망갔어요."

"뭐?"

"어찌나 빠른지 창문 틈으로 금방 날아가버리더라고요."

송이가 민망한 듯 웃었다.

"그래? 다행이네. 아 참, 아까 어디까지 얘기했지?"

서윤이는 사물함을 잠그려고 했던 걸 까맣게 잊고는 상담용 책상 앞으로 가서 앉았다. 송이는 남은 상담 시간 내내 쓸데없는 고민만 늘어놓다 종이 울리자마자 교실로 돌아갔다.

모두가 하교한 시간. 송이는 상담실에 아무도 없는 걸 확인하고는 몰래 들어갔다. 아까 적어뒀던 번호가 머리에 계속 맴돈 덕분에 굳이 손바닥을 확인할 필요도 없었다. 확실히 브레인 스탯이 올라가니 기억력이 좋아진 것 같군. 송이는 속으로 후후, 웃으며 좋아했다.

탁.

사물함이 열리고 송이의 눈에 '또래 상담부 상담일지'라고 적힌 까만 파일이 보였다. 5공 핀이 있어 종이를 끼워 넣을 수 있는 방식이었다. 파일의 두께는 꽤 두툼했다. 이걸 다 읽기엔 시간이 없고, 사진을 찍어야겠다. 송이는 150페이지에 달하는 일지를 하나하나 사진 찍기 시작했다. 40페이지가량 찍었을 때 인기척이 들렸다. 송이는 황급히 파일을 도로 넣고 자물쇠를 잠갔다. 그러나 미처 나가기도 전에 상담실로 들어온 누군가와 마주치고 말았다. 서아였다. 송이는 그대로 얼어붙어 버렸다.

"네가 왜 여기 있어?"

서아의 표정이 싸늘하게 굳었다. 며칠 전 있었던 일을 서아는 또렷이 기억하고 있었다. 송이에게 조언을 해주려다 뒤통수를 맞았던 것을.

"너한테 사과하려고."

송이의 입이 대뜸 움직였다. 머리가 좋아지면 거짓말도 자연스럽게 나오는가 보다.

"사과?"

"응."

송이는 서아에게 한 발자국 다가갔다. 서아가 물러서지 않자 몇 발자국 더 다가가더니 덥석 서아의 손을 잡았다.

"정말 미안해. 내가 그 말을 하지 말았어야 했는데."

"그 말이라니?"

"네가 지난번에 내게 해준 말 말이야. 그 말을… 해버렸거든."

"알아. 네가 백짬뽕이지?"

서아가 송이의 손을 가볍게 뿌리쳤다.

"백짬뽕? 그게 무슨 말이야. 나 그런 거 아냐. 내 말은, 네가 해준 말을 다른 사람한테 해버렸다고."

"다른 사람? 누구?"

"주미. 오주미."

정말 희한한 노릇이었다. 평생 거짓말을 못 해서 마피아 게임도 무조건 관전만 하던 송이였는데 마치 누가 대본이라도 준 것처럼 없는 사실이 술술 나왔다.

"오주미?"

말도 안 돼. 서아는 송이의 말을 믿지 않았다. 평소에 주미랑 어울리지도 않으면서.

"응. 사실 내가 학기 초에 애들이랑 잘 못 어울렸잖아. 주미도 좀 겉도는 것 같아서 그때 친해졌었거든. 가끔 연락하고 지내는데, 내가 실수로 그 말을 해버리고 말았어. 정말 미안해."

"그게 사실이야?"

"응."

송이가 서아의 눈빛을 살폈다. 서아도 송이의 눈을 바라보다 한숨을 옅게 내뱉었다. 그러더니 천천히 창문 쪽을 향해 걸어갔다.

"있잖아. 난 세상에서 인간이 제일 싫어."

서아가 창밖으로 하교하는 학생들을 물끄러미 바라보며 말했다. 상담부를 하는 서아의 입에서 나왔다기엔 너무 의외의 말이었다.

"끝도 없이 비겁하고 끝도 없이 멍청하거든."

그 말이 송이의 가슴에 팍, 하고 꽂혔다. 마치 송이를 겨냥해서 하는 말처럼.

"그러니까 나는 상처 안 받아. 내가 왜 상담을 하는지 알아? 아무리 강한 사람이어도 약한 모습이 있거든. 그걸 알면 많은 걸 용서할 수 있게 돼. 모든 것까진 아니어도 꽤 많은 걸 이해할 수도 있게 되고."

서아가 송이를 똑바로 바라보았다.

"그래서 너도 이해해 보려고. 하지만 너와 친구가 될 순 없을 것 같아. 네가 변하지 않는 한 그 누구하고도 불가능하겠지만."

서아의 말에 송이의 얼굴이 시뻘게졌다. 모욕적이다. 어떻게 나한테 이런 말을?

"흥, 임서아 너 맨날 분위기 잡더니 중2병이라도 걸린 거야? 인간이 싫다는 둥 비겁하다는 둥. 너야말로 마치 모든 걸 다 안다는 듯 지껄이지 마. 상담은 무슨, 인간이 싫다는 주제에 무슨 상담?"

화가 난 송이는 문을 쾅 닫으며 상담실을 나섰다. 큰일이다. 서아와 친해지려고 했는데 오히려 반대가 됐다. 만약 서아가 이 일을 아이들에게 알리면 나도 주희 꼴이 되고 말 거다. 서아가 정말 이 얘길 애들에게 할까? 남 얘기 떠벌린 건 자기도 마찬가지인데.

고민 끝에 서아는 이 사실을 알리지 않을 거라고 생각했다. 화가 나서 악담을 하긴 했지만 서아의 성격상 그렇게 하지는 않을 거라는 걸 송이는 알고 있었다.

집으로 돌아온 송이는 핸드폰 사진첩을 열어 일지 사진을 모두 컴퓨터에 옮겼다. 그런 다음 핸드폰 사진첩을 비우고 모니터 앞에 앉아 하나하나 정독하기 시작했다.

상담일지에는 송이가 생각한 것보다 훨씬 다양한 이야기들이 담겨 있었다. 누군가를 짝사랑한다는 가벼운 얘기부터, 사이버 도박에 중독됐다는 얘기까지. 그중에서도 눈에 띄는 부분이 있었는데 다름 아닌 서아의 얘기였다.

엄마가 재혼한 후로 가정에 적응하기 어려워함.
1년 전부터 우울증 약 복용 중.

우울증이라고? 전혀 예상하지 못했다. 이걸 보니 아까 서아가 했던 말이 다시 생각났다. 세상에서 제일 싫은 게 인간이라고 했던 말. 어쩌면 서아가 상담을 하는 이유는 위로받기 위해서가 아닐까. 나만 힘든 게 아니라고, 아무리 잘 사는 것처럼 보여도 모두가 숨기고 싶은 아픔은 있는 법이라고.
괜히 아까 서아에게 성질부린 게 미안해졌다.

'이래서 약점을 알면 이해할 수 있다고 한 거구나.'

단단한 줄 알았던 서아에게도 아픔이 있다는 걸 알게 되자
송이의 마음이 살짝 누그러졌다.

"자, 다음 거 다음 거."

서둘러 다음 장을 넘겼다. 40장의 일지를 정독한 결과 쓸
만한 비밀이 총 25개 나왔다. 송이는 25개의 비밀을 메모장
에 적었다. 이로써 25주는 버틸 수 있게 됐다.

"휴, 당분간은 비밀 걱정 안 해도 되겠네."

송이는 바로 쇼핑몰 화면을 컴퓨터에 띄웠다. 이번엔 어떤
캐릭터로 바꿔볼까? 이번 주는 학교 축제 때문에 밴드부 객
원 보컬을 해주기로 했으니까 감각 스탯을 더 높여야지. 다
음 주는 모의고사가 있으니 브레인을 올리고 그다음 주는 체
육 수행평가니까 신체를 더 높여야겠다. 이왕 하는 김에 피
부도 태닝을 할까?

그날 밤, 송이의 장바구니엔 위험한 비밀들이 차곡차곡 채
워져 갔다.

찐따 오주미가 내 라이벌?

제목 : 해화고 대신 전해드립니다.

내용 : 1학년 3반 한송이 사랑한다!

이따 점심시간에 옥상에서 보자.

걱정 마라. 오빠 잘생겼다.

요즘 3일에 한 번꼴로 송이 얘기가 모두의 교실에 올라왔다. 특히 사랑 고백이 급격히 늘어났는데, 지난주 동아리 발표회 날 송이가 밴드부 객원 보컬을 한 후로 남녀 할 것 없이 극성팬이 늘어난 것이다. 그날 송이는 성격도 관종 MBTI

로 바꾸고 감각 스탯도 10까지 찍어서 여느 아이돌 못지않은 퍼포먼스를 해냈다. 그날 이후 송이는 명실상부 해화고 최고 인기 스타로 등극했다.

오늘도 송이를 보기 위해 3반까지 일부러 찾아오는 남자애들도 몇몇 있었고, 여자애들은 틈만 나면 선물 공세를 펼치며 셀카를 함께 찍자고 난리였다. 이런 게 연예인의 삶일까? 송이는 겉으론 귀찮은 척했지만 속으론 신이 나서 어쩔 줄 모르고 있었다.

"송이야~ 오늘 시험 끝나고 뭐해?"

누가 송이의 목을 간지럽혔다. 유리였다. 송이는 얼마 전부터 유리 바로 앞으로 자리를 옮겼다. 원래 주희 자리였지만 유리가 키가 큰 송이를 대신해 바꿔달라고 부탁해서 옮기게 된 것이다. 주희는 유리가 하는 말이라면 꼼짝도 못 했다.

몇 주 전, 숨겨왔던 비밀이 밝혀지면서 유리는 인생 최대의 위기를 맞았다. 하지만 오랜 이미지 관리 노하우를 가지고 있던 유리는 이런 상황에서 어떻게 대처해야 할지 금방 파악했다.

"얘들아, 그동안 거짓말해서 미안해. 아빠가 절대로 밝히지 말라고 하셔서… 화나면 손찌검까지 하시는 분이라 나도 어쩔 수 없었어…. 흑흑….”

유리는 사슴 같은 눈망울로 닭똥 같은 눈물을 흘렸다.

웃는 얼굴에 침 못 뱉는다고 했던가. 우는 얼굴, 그것도 예쁘게 우는 사람 앞에선 침도 함부로 못 삼킨다. 게다가 아버지에게 협박당하는 가녀린 소녀라니. 금세 마음이 약해진 아이들은 오히려 유리의 사정에 공감하기 시작했다. 먼저 바람을 잡은 건 송이였다. 유리랑 더 친해지고 싶은 것도 있었지만, 의심받기 싫은 마음에서였다.

“너무 힘들었겠다. 너는 그냥 시키는 대로 했을 뿐인데 무슨 잘못이 있겠어. 이젠 마음 놓고 우리한테 기대도 돼.”

송이의 한마디에 주저하던 아이들도 모두 유리를 응원하고 위로했다.

“고마워 정말…. 흐흐흑….”

유리가 훌쩍이다가 갑자기 송이에게 덥석 안겼다. 송이는 유리의 등을 토닥여 주었다.

그게 꽤나 위로가 되었는지 이날 이후 유리는 노골적으로 송이를 편애하기 시작했다.

“어머, 송이야, 너 키도 큰데 앞자리 안 불편해?”

"응?"

"아무래도 뒤로 와야겠다~. 주희야, 송이랑 자리 바꿔주면 안 돼?"

유리가 자기 앞자리에 앉아 있던 주희에게 아양 섞인 목소리로 물었다. 그 말에 주희의 얼굴이 확 벌게졌다.

"송이가 불편할 것 같아서 그래~ 그래줄 수 있지?"

주희는 싫다고 말하고 싶었지만 차마 입이 떨어지지 않았다. 그래서 조용히 일어나 가방을 챙겨 자리를 옮겼다.

"안 그래도 되는데~."

송이는 사양하는 척하다가, 곧 기다렸다는 듯 자리에서 일어났다. 이건 단순한 자리바꿈이 아니다. 서열 싸움에서 송이가 공식적으로 주희를 이겼다는 표시였다. 주희는 애꿎은 핸드폰 화면만 뚫어지게 노려보았다. '모두의 교실'에는 아직까지 자신의 졸업사진이 남아 있었다. 게시글 신고를 한 지가 언젠데, 왜 아직도 그대로지? 주희는 화면을 끄고 눈을 질끈 감았다. 다신 이 얼굴 보기 싫었단 말이야! 주희는 그대로 책상에 엎드려 버렸다.

"다들 공부 많이 했지? 책이랑 필통 치우고 손 머리 위로 올려."

머리를 한껏 위로 치켜 올려 묶은 담임이 시험지를 아이들에게 나눠주었다.

송이는 의기양양하게 시험지를 받아 들었다. 대망의 모의고사 날. 이날을 위해 브레인 스탯을 10으로 올려서 캐릭터 체인지를 했다. 공부란 늘 재미없는 거라고 생각했는데, 머리가 쌩쌩 잘 돌아가니 공부도 나름 해볼 만했다.

"어, 근데 저 자리는 왜 비어 있지?"

담임선생님이 오른쪽 복도 끝자리를 가리켰다. 주미 자리였다. 워낙 존재감이 없어서 안 온 줄도 몰랐다. 주미가 왜 학교에 나오지 못했는지는 3교시가 지난 후에야 알 수 있었다.

4교시 한국사 시험을 치르기 전 갑자기 문이 열리더니 웬 작고 귀여운 여자아이가 들어왔다. 송이는 보자마자 알았다. 캐리체인이다! 캐리체인으로 바뀐 거야! 그 못생기고 뚱뚱하던 오주미가!

정말 신기하게도 아이들은 휘둥그레진 눈으로 주미를 바라보면서도 그게 주미라는 걸 납득하고 있었다. 그건 송이역시 마찬가지였다. 애들이 날 볼 때도 이런 느낌이었겠구나. 송이는 몰라보게 예뻐진 주미를 보니 왠지 기분이 께름

칙해졌다.

'근데 언제 비밀이 올라왔지?'

아침부터 핸드폰을 수거당해 확인하지 못했다. 시험 끝나자마자 바로 확인해야지. 송이는 혹시라도 자신의 비밀이 폭로당할까 봐 갑자기 두려워졌다. 혼자 변신할 때는 상관없었지만 이젠 경쟁자가 생겼으니 말이다.

시험이 모두 끝난 후 송이는 핸드폰을 받자마자 '모두의 교실'에 접속했다. 다른 아이들은 주미에게로 몰려가 너무 귀엽고 예쁘다며 칭찬 세례를 퍼부었다.

"으, 이건 아냐. 오주미가 귀엽고 예쁘다니. 이건 아니라고!"

송이는 손톱을 깨물며 스크롤을 계속 올렸다 내렸다. 아무리 봐도 비밀은 보이지 않았다. 그러다 조회수는 낮은데 댓글은 20개가 넘는 게시글에서 손가락이 멈췄다.

제목 : 혹시 하야네짱 좋아하시는 분?

작성자명 : 프링프링푸로리

누군가 올린 사진 속 캐릭터가 오늘의 주미랑 똑같이 생겼다. 하야네짱? 하야네짱이 뭐지? 아, 애니메이션 캐릭터구나. 댓글을 보니 딱 한 사람만 답글을 달았다. 작성자는 대댓글로 자기는 하야네짱 코스프레도 한다며 신나게 떠들어댔다. 두 사람은 영혼의 단짝처럼 20개가 넘는 댓글로 대화를 이어나가고 있었다.

아무래도 작성자가 주미인 것 같았다. 코스프레를 한다더니 진짜 하야네짱이 됐구나. 송이는 주미를 뚫어지게 쳐다보았다. 그때 주미와 시선이 마주쳤다. 주미가 몰라보게 달라진 보름달 같은 눈으로 반달웃음을 지었다. 송이는 왠지 모르게 기분이 나빠져 고개를 홱 돌려버렸다.

"송이야! 우리 주미랑 같이 노래방 가자!"

하교 시간, 송이가 가방을 챙기는데 유리가 주미를 데리고 다가왔다. 주미는 부끄러운 표정으로 송이를 올려다보았다.

"알고 보니까 주미도 프링프링 프린세스 팬이더라고! 이것 봐, 하야네짱이랑 똑같지?"

맞다. 유리도 그 말도 안 되는 유치한 애니메이션 팬이었지. 오늘에서야 하야네짱 얼굴을 제대로 안 송이는 그저 어색하고 불편한 표정만 지을 뿐이었다.

송이는 하는 수 없이 주미와 함께 노래방으로 향했다. 유리는 최애 아이돌을 닮은 송이와 최애 캐릭터를 닮은 주미와 함께 있어 더할 나위 없이 행복했다. 주미는 알아들을 수 없는 일본 노래 메들리를 선보였고 유리는 신나서 따라 불렀다. 송이는 기가 빨린 나머지 구석에 앉아 두 사람을 지켜볼 뿐이었다.

'저러다 둘이 더 친해지면 어떡하지?'

불안했다. 다시 서아가 했던 말이 떠오른다. 유리는 친구를 인형처럼 대한댔어. 자기가 원하는 모습이 아니면 가차 없이 버린다고.

"이제 송이 차례!"

유리가 송이에게 마이크를 넘겼다. 송이는 내키지 않았지만 분위기를 망칠 순 없어 자리에서 일어나 늘 부르던 아이돌 노래를 불렀다.

"에이~ 제대로 불러! 음정 박자 다 나갔잖아!"

유리가 송이의 급 망가진 노래 실력에 실망한 듯 외쳤다. 하지만 오늘은 어쩔 수 없었다. 모의고사 때문에 브레인에 스탯을 다 써버렸는걸.

"나 오늘 목이 좀 안 좋아서 그래. 여기까지만 부를게."

송이가 마이크를 내리고 물을 들이켰다. 유리는 아쉬워하면서도 주미랑 애니메이션 OST를 부를 수 있다는 생각에 좋아라 했다.

유리는 다음 코스인 네 컷 사진관에서도 주미를 옆에 꼭 껴안고 사진을 찍었다. 액세서리 숍에선 주미에게 어울리는 머리끈과 팔찌도 사줬고, 하야네짱이랑 닮았다며 피규어 숍에서 6만 원이 넘는 하야네짱 굿즈도 사주었다.

"너무 많이 사주는 거 아냐? 나 갚을 돈 없어."

주미가 시무룩한 얼굴로 말했다.

"무슨 소리야~ 이제 우린 친군데 뭘!"

유리는 자연스럽게 주미와 어깨동무를 했다. 뭐, 친구? 둘이 언제부터 친했다고 친구래. 송이는 어이가 없었다.

"아 참, 너희들 이번 여름방학 때 여행 안 갈래?"

유리가 버스 정류장으로 가는 길에 대뜸 말했다.

"어디로?"

"오사카! 원래는 가족들이랑 유럽 가려고 했는데 이번 여름은 바쁘시대서. 친구들이랑 일본이라도 다녀오라고 하셨어."

주미랑 송이가 처음으로 서로를 바라보았다. 해외여행 한 번도 가본 적 없는데.

"해외로 가자고?"

"응! 원래 방학마다 해외여행 가는 거 아냐? 나만 그런 가?"

응, 너만 그런 거야. 송이는 그 말을 하려다 말았다. 지금 안 그래도 엄마가 허리띠 졸라매야 한다고 치킨도 못 시켜 먹게 하는데 오사카라니. 가능할 리가.

"나도 너무 가고 싶지만 돈이 없어."

주미가 조심스럽게 입을 열었다.

"아빠한테 말씀드려. 그럼 되잖아."

"그러니까 내 말은 우리 집에 그럴 돈이 없다는 말이야."

"에? 그 정도도 없어? 그럼 네 비행기 표 값은 내가 내줄 게."

유리의 말에 주미의 표정이 굳어버렸다. 유리는 호의라고 생각하겠지만 성의 없는 호의는 상처만 될 뿐이다. 유리처럼 부족함 없이 자란 아이는 아마 모르겠지만.

"근데 우리끼리 가면 위험하지 않을까?"

얼어붙은 주미의 표정을 본 송이가 입을 열었다.

"걱정 마! 정 걱정되면 우리 아빠 보디가드 데려가면 되니 까."

유리가 그저 해맑게 웃으며 말했다. 아무 대답도 하지 못하는 주미와 송이를 뒤로하고 유리는 "아, 피곤해~ 택시 타야겠다."라고 하더니 모범택시를 타고 유유히 집으로 떠났다.

오늘 안 사실이지만 주미와 송이는 바로 옆 동네에 살았다. 그리고 보니 버스에서 몇 번 마주친 것도 같다. 두 사람은 버스비도 아낄 겸 집까지 걸어서 가기로 했다.

"오늘 왜 늦었어?"

송이가 뻔한 질문을 던졌다. 주미는 당황하더니 곧 옅게 미소 지었다.

"나 오늘 좀 달라 보이지 않아?"

좀이라니. 아주 많이 달라졌구만.

"우연히 어떤 쇼핑몰 링크를 발견했는데 거기서 희한한 초대장을 주더라고. 스페셜 캐릭터 체인지 체험권이라던가. 외모를 바꿀 수 있다길래 내가 제일 좋아하는 캐릭터로 아바타를 바꿨거든. 아무 생각 없이 체인지 버튼을 눌렀는데 아침에 일어나보니 진짜로 내가 하야네짱이 되어 있더라고. 너무 놀라서 난 내가 병에 걸린 줄 알았어. 그래서 병원에 들렀다 오느라 늦은 거야."

"그랬구나."

이제 너도 남들 비밀 찾느라 눈알 빠질 거다. 송이는 속으로 생각했다.

그러나 송이는 다음 날 당황할 수밖에 없었다. 주미가 원래 모습 그대로, 즉 체인지되기 이전 상태로 교실에 나타났던 것이다. 그리고 마치 아무 일도 없었던 것처럼 자기 자리로 가, 여느 때처럼 핸드폰 화면만 뚫어지게 바라보았다.

"뭐지? 어떻게 된 거지?"

아직 모르는 건가? 어떻게 하면 계속 캐릭터 체인지를 할 수 있는지?

"송이야!"

유리가 송이의 어깨를 찰싹 때리며 자리에 앉았다.

"어제 집에 잘 갔지?"

"으응…."

"참, 오사카 가는 건 생각해 봤어?"

"아 그거… 근데 진짜 주미랑 같이 가려고?"

"엥? 그게 무슨 소리야. 주미라니? 주미가 누구지?"

유리가 영문을 모르겠다는 얼굴로 물었다. 송이는 더 영문을 알 수 없는 얼굴로 주미를 눈짓했다.

"아, 오주미? 내가 걔랑 왜 오사카를 가? 난 너랑 둘이 가려고 했는데?"

유리의 표정을 보니 장난치는 게 아니었다. 어제는 주미한테 이제 우린 친구라고 그러더니!

"네가 어제 주미랑 나한테 같이 오사카 가자고 했잖아."

"내가? 나 어제 주미랑 대화한 적도 없는데?"

"우리 같이 사진도 찍었잖아!"

송이가 억울하다는 듯 지갑에서 네 컷 사진을 꺼냈다. 그런데, 이럴 수가. 주미가 보이지 않는다. 오로지 송이랑 유리만 다정한 모습으로 찍혀 있다. 말도 안 돼. 눈을 씻고 다시 봐도 주미는 없었다. 사진 속 주미가 있던 자리가 어색하게 비어 있을 뿐이었다.

그렇구나. 캐릭터 체인지를 그만두면 나도 잊히는 거구나. 우리가 나눴던 모든 대화와 추억들이 몽땅 다 사라지는 거야. 소름 끼쳐. 그것만큼은 절대 일어나선 안 돼.

송이는 오늘 집에 가자마자 알고 있는 모든 비밀을 다 올리기로 결심했다. 혹시라도 깜빡하고 체인지가 풀리면 안 되니까. 남은 비밀이 모두 22개였지? 그럼 22주 동안은 안전해. 그 뒤는 나중에 생각해 보자.

하지만 애석하게도 송이의 캐릭터 체인지는 얼마 지나지
않아 풀리고 말았다.

광진구 백산로, 2층 다섯 번째 방

며칠 후, 화창한 날씨와는 다르게 학교엔 먹구름만이 가득했다. 오늘 아침 '모두의 교실'에는 역대 가장 많은 비밀들이 쏟아져 나왔다. 아이들은 삼삼오오 모여 그 얘기만 하는 중이었다.

송이가 반에 들어서며 밝게 인사했지만 아이들은 송이가 오든 말든 대화 삼매경에 빠져 본체만체했다. 항상 송이 뒤꽁무니를 쫓아다니던 연지마저도.

"야, 정해리! 너 진우 안 좋아한다며! 어떻게 나한테 거짓말을 할 수가 있어?"

다미가 엉엉 울며 해리에게 따지는 중이었다. 송이는 모른 체하며 자리에 앉았다.

"7반 강소은 얘기 들었어? 걔 원조교제한대."

"전교 회장은 작년 기말고사 때 커닝했다던데?"

"재환 선배는 중학생 때 일진이었대. 지금 완전 모범생인 척하는 거 개소름."

"사라는 집 완전 부자인 척하더니 알고 보니 아버지가 막 노동하신대."

여기저기서 웅성거리는 소리가 들렸다. 송이는 조용히 핸드폰을 켜 커뮤니티를 확인했다.

[1학년 7반 강소은은 2년째 대학생 오빠랑 연애 중이다.]

[전교 회장 박성민은 작년 기말고사 때 커닝해서 영어 1등급을 받았다.]

[2학년 5반 양재환은 중학생 때 학교 폭력으로 강제 전학을 당한 적이 있다.]

[1학년 3반 정해리는 1학년 4반 이진우를 짝사랑한다.]

[3학년 2반 한채민은 도박으로 진 빚 때문에 편의점 알바를 시작했다.]

.

.

누가 뭘 했다는 글들이 일목요연하게 좌르륵 올라와 있었다. 온통 까만 글씨로 도배된 모습이 공포스럽기까지 했다.

"씨발, 백짬뽕이 대체 누구야?"

복도에서 누가 욕하는 소리가 들렸다.

송이는 화들짝 놀라 시선을 바닥으로 내리깔았다. 그때 누가 자길 쳐다보는 게 느껴졌다. 서아였다. 서아는 잠시 송이를 바라보더니 다시 책으로 시선을 돌렸다.

"백짬뽕 서아 아냐?"

"맞아. 저번에 유리가 그랬어. 백짬뽕 서아라고."

"그러고 보니 나 이거 저번에 상담부에서 얘기한 적 있어. 설마….."

아이들이 다시 웅성거리기 시작했다. 날카로운 눈빛들이 서아를 향했다. 그 소문은 또 어찌나 빠르게 퍼지는지, 다른 반 학생까지 씩씩거리며 서아를 찾아왔다.

"임서아가 누구야?"

전교 회장 박성민이다. 아뿔싸. 송이는 차마 이 팡경을 볼 자신이 없어 눈을 감아버렸다.

"저예요."

서아가 답했다. 너무 당당한 태도에 성민이 살짝 멈칫하더니 곧장 서아 앞으로 다가갔다.

"네가 소문 퍼뜨렸지?"

"아뇨."

"너 맞잖아."

"아니라니까요."

"이게 진짜!"

성민이 화를 못 이기고 서아의 멱살을 잡았다. 여기저기서 놀란 숨소리가 흘러나왔다.

"저 아니라니까요. 확인시켜 드려요?"

서아의 말에 성민이 "어떻게?"라고 물었다.

"이것부터 놓아보세요."

서아가 차분하게 말하자 거짓말하는 것 같지는 않았는지 성민은 손에 힘을 천천히 풀었다.

서아는 핸드폰을 꺼내 '모두의 교실' 로그인 화면을 보여주었다. 서아의 닉네임은 임꽹이였다. 고양이를 닮았다고 해서 붙여진 서아의 실제 별명이었다.

"제 닉네임은 임꽹이예요. 아시다시피 '모두의 교실'은 학생증을 인증해야 해서 한 사람당 아이디 하나밖에 못 만들고요."

성민은 적잖이 당황했는지 아무 말도 못 하고 그대로 서 있기만 했다.

"그럼 대체 백짬뽕이 누구지?"

누군가의 질문에 누군가 "로그인 화면을 보면 알겠네."라고 답했다. 송이의 심장이 덜컥 내려앉았다. 안 돼. 그것만은 절대로 안 돼.

아이들이 핸드폰을 꺼내서 옆 사람에게 보여주기 시작했다. 송이의 이마에 식은땀이 흘렀다. 지금이라도 어플을 삭제해야 해. 송이가 핸드폰을 열어 어플 삭제 버튼을 누르려는 그때 주희가 송이의 핸드폰을 뺏어 들었다.

"네 것도 확인해 보자. 한송이."

"아, 안 돼!"

송이가 주희에게서 핸드폰을 다시 뺏으려고 손을 뻗었다. 주희는 송이의 손을 뿌리치고는 어플에 접속했다. 바로 그때였다. 주임 선생님이 들어오셔서는 문을 쾅쾅 치셨다.

"박성민, 너 여기서 뭐 해? 지금 당장 교무실로 따라와."

성민은 이빨을 꽉 깨물며 작게 욕하더니 주임 선생님을 따라 교무실로 향했다. 그 바람에 아이들의 시선이 분산되었고 그 틈에 송이는 다시 핸드폰을 빼앗았다. 타이밍 좋게 담임이 들어와 모두 자리에 앉으라고 다그쳤고, 주희는 복수할 기회를 놓쳤다는 생각에 이를 갈며 자리로 돌아갔다.

"아까 교무회의 때 들었는데 너희 이상한 어플 한다며? 지금 거기서 발생한 소문들 때문에 학교 분위기가 많이 안 좋아졌어. 그런 소문은 듣지도 말고 만들지도 말고 믿지도 말렴."

담임이 안타까운 표정으로 아이들에게 말했다. 그 와중에도 백짬뽕이 담임 아니냐는 말이 흘러나왔다. 그 말은 담임의 별명을 아는 사람 중에 범인이 있을 거라는 확신으로 번졌고, 유력 용의자는 3반에 있을 거라는 결론에 도달했다.

'안 돼. 이러다가는 들키겠어.'

송이는 하나님, 부처님을 찾으며 제발 이게 사실이 아니게 해달라고 빌고 또 빌었다. 처음에 비밀을 유포했을 때까지만 해도 이렇게 될 줄 몰랐다. 송이는 그제야 자기가 너무 멀리 와버렸다는 걸 깨달았다.

송이는 쉬는 시간이 되자마자 누가 물어볼까 봐 화장실로 피신했다. 그리고 머리를 쥐어짜 어떻게 하면 이 위기를 모면할 수 있을지 고민했다.

"보스 체리! 그 사람한테 물어봐야겠어!"

핸드폰을 꺼내 캐리체인 쇼핑몰로 들어갔다. 어플을 훑어 보다 보니 하단에 '상담하기' 버튼이 보였다. 하지만 눌러보 니 AI 챗봇으로 연결되었다.

"아니, 이거 말고~!"

송이는 손가락을 덜덜 떨며 어떻게 할지 궁리했다. 비밀 쇼핑몰에 접속하려면 큐알 코드가 필요했다. 큐알 코드는 집 에 있다.

"조퇴해 버려?"

송이는 주머니에서 쿠션을 꺼내 입술에 두드렸다. 이렇게 하면 당장 집에 가야 할 정도로 아파 보여서 쉽게 조퇴할 수 있다고 연지가 그랬다. 송이는 약간의 혈색만 남은 창백한 입술로 화장실을 나와 교무실로 향했다. 다행히 담임은 송이 가 진짜로 아픈 줄 알았다. 무사히 조퇴증을 받은 송이는 교 무실을 나오다 선생님들의 속닥임에 걸음을 멈췄다.

"박성민 학생 정학 면하기 어려울 것 같아요. 전교 회장직 도 박탈하는 게 당연하고요."

"성실한 학생인 줄 알았는데 정말 충격이네요. 입시에도 영향이 가겠죠?"

"성적이 무효 처리될 테니 아무래도요."

선생님들은 성민이 커닝했다는 사실보다 일 처리가 더 걱정인 듯 보였다. 게다가 성민의 부모님이 법조계에 계셔서 입김이 센 데다 학교 발전 기금도 많이 냈다며 도리어 학교가 고소를 당하진 않을지 궁시렁거렸다.

'무시하자. 저건 지 잘못이잖아. 자업자득이야.'

집에 도착한 송이는 바로 비밀 쇼핑몰에 접속했다. 보스 체리와 나눴던 대화창이 아직 그대로였다. 하지만 막상 말을 걸려고 하니 뭐라고 해야 할지 몰랐다.

"잠시만, 잘 생각해 봐. 어떻게 보면 체리가 모든 판을 설계한 거나 다름없어. 이 사람은 모든 걸 예상하고 있었을 거야. 그런 사람한테서 도움을 받을 수 있을까? 하지만 이것 말고 다른 방법은 떠오르지 않는걸."

고민 끝에 송이는 보스 체리에게 사람들의 비밀을 밝히지 않고 캐릭터 체인지를 할 수 있는 방법은 없는지 물었다. 5분 정도 지났을까, 애타게 답변을 기다리던 송이는 불안한 나머지 자리에서 일어나 방 안을 맴돌았다.

띠링~

알림 소리였다. 송이는 급히 모니터 앞으로 달려갔다.

> Boss♥Cherry : Rules are Rules. 규칙은 규칙이지.
>
> 물건의 가격은 쉿, 비밀이야♥

"더 이상 비밀이 아니니까 문제지~~!!"

송이가 자리에서 방방 뛰었다. 다행히 집에 아무도 없어 누가 갑자기 문을 열며 잔소리를 퍼붓는 일은 없었다.

> 백짬뽕 : 제발 부탁이야. 다른 방법은 없을까?
>
> 나 지금 너무 곤란해졌어.

> Boss♥Cherry : 물론 방법이 있지.

> 백짬뽕 : 그게 뭔데?!

> Boss♥Cherry : 너도 이미 알고 있잖아. 모든 걸 되돌릴 방법.

모든 걸 되돌릴 방법을 내가 알고 있다고? 그때 송이의 머리에 주미가 떠올랐다. 원래대로 돌아왔을 때 아무도 주미의 캐릭터 체인지를 기억하지 못했다. 예전처럼 모두 주미를 개무시하고 투명인간 취급했었지. 아아, 그건 안 돼. 다시 예전의 나로 돌아가긴 싫어!

> 백짬뽕 : 너 대체 누구야! 대체 누군데 나한테 이러는 거야!

> Boss♥Cherry : 내가 누구냐고?

잠시 체리의 말이 끊겼다. 송이는 답이 올 때까지 침을 꼴깍 삼키며 기다렸다. 잠시 후 띠링, 하고 알림이 울렸다. 아리송한 문장과 함께.

> Boss♥Cherry : 난 소문이야. 환상이고 거짓이지. 나는 곧 너야.

"으으으!"

갑자기 온몸에 소름이 돋고 머리가 쭈뼛 서는 느낌이 들었다. 송이가 자리에서 벌떡 일어났다. 이게 뭐지? 귀신에 홀린 건가? 나는 곧 너라니. 혹시 지금 날 보고 있나?

송이는 두려움이 가득한 얼굴로 방 안을 둘러보았다. 평소와 다를 바 없는 방인데도 이상하게 낯설었다. 이윽고 하얀 천장이 알록달록하게 변하더니 물감이 번지듯 퍼져나갔다. 바닥도 파도처럼 일렁이더니 곧 천장과 맞닿으며 뒤집혔다. 송이는 그대로 쓰러졌다.

정신을 차려보니 푹신한 카펫 위였다. 송이는 몸을 천천히 일으켜 세웠다.

"으으, 이게 다 보스 체리 때문이야…! 대체 나한테 무슨 마법을 부린 거야?"

송이는 당장 체리를 찾아가 따지고 싶었다. 문제는 체리가 어디 있는지 알 수 없다는 것. 그때 송이 머리에 번뜩 아이디어가 떠올랐다.

"맞아! 편지! 편지에 주소가 적혀 있을 거야!"

송이는 서랍에 쑤셔뒀던 초대장 봉투를 꺼내 보았다.

서울시 광진구 백산로 11-6, 2층 다섯 번째 방

어딘가 익숙한 주소다. 여긴… 우리 학교다!

체리가 학교에 있다고? 송이는 기이한 기분에 사로잡혔다. 따질 시간이 없다. 얼른 학교로 가야 한다.

학교에 도착했을 땐 이미 깜깜한 밤이었다. 보통 늦게까지 야자를 하는 3학년 선배들이 3층 창문을 밝히고 있는데 오늘은 아무도 없었다. 정문을 열어보니 다행히 열린다. 끼이익…. 학교로 들어서자 적막한 공기가 송이의 목구멍을 죄어 오는 듯했다.

왠지 모르게 으스스한 분위기가 풍기는 계단을 올라 2층으로 향했다. 다섯 번째 방이면… 컴퓨터실이다. 컴퓨터실 문이 열려 있다. 환한 검분홍 빛이 문밖으로 새어 나오는 중이었다.

"누구 있어요…?"

송이는 컴퓨터실로 들어서며 물었다. 아무도 없다. 맨 뒷자리 컴퓨터만 우두커니 켜져 있을 뿐이다. 아까 본 불빛은 여기서 흘러나오는 거였다.

송이는 천천히 컴퓨터를 향해 다가갔다. 화면에서 말도 안 되게 밝은 빛이 뿜어져 나왔다. 고개를 모니터 가까이로 슥 돌리자 선명하게 보였다.

1학년 3반 한송이는

친구의 비밀을 파는 더럽고 추악한 인간이다.

'모두의 교실'에 그동안 송이가 숨기고 싶었던 비밀이 모조리 다 올라와 있었다. 단짝 친구를 질투했던 것, 엄마 지갑에서 돈을 훔쳤던 것, 분위기에 휩쓸려 뒷담화를 했던 것, 거짓말하고 친구를 배신했던 것. 그 모든 사실이 사진과 함께 화면을 뒤덮더니 "이제 만족해?", "정말 실망이야 한송이.", "너는 최악의 친구야."라고 말하는 아이들의 목소리가 심장이 진동할 정도로 울려 퍼졌다.

"꺄악!!"

송이는 소리를 지르며 밖으로 뛰쳐나가려 했지만 발이 움직이질 않았다. 밑을 보니 주희가 피눈물을 흘리며 송이의 발목을 잡고 있었다. 쿵! 송이가 바닥으로 고꾸라졌다. 그 순간 눈앞이 깜깜해졌다.

레드 다이아몬드의 정체

눈을 떠보니 응급실이었다. 이런 건 드라마에서나 나오는 장면인 줄 알았는데. 송이는 눈을 깜빡이며 천천히 주위를 둘러보았다. 엄마가 원무과 직원과 대화를 나누고 있었다. 다행이다. 아까 그건 꿈이었나 봐. 갑자기 울컥했다. 송이의 눈에서 뜨거운 안도의 눈물이 흘러내렸다.

"송이야. 괜찮아?"

엄마가 걱정스런 얼굴로 송이에게 다가왔다.

"으응. 나 어떻게 된 거야?"

"집에 돌아오니 네가 방에 쓰러져 있더라고. 그래서 급하게 119 불렀지. 다행히 그냥 기절한 거래. 스트레스 많이 받은 것 같다고 잘 쉬어주라더라."

엄마가 송이의 손을 따스하게 어루만졌다. 그제야 송이는 엄마 손에 딱딱한 굳은살이 박인 걸 알았다. 눈가의 주름도 작년보다 는 것 같다. 늘 그대로인 줄 알았는데 아니었구나. 송이가 엄마의 거친 손을 부드럽게 쓰다듬었다.

잠시 모녀 간의 애틋한 장면이 이어질 듯했지만 불청객이 찾아와 길어지진 못했다. 험상궂게 생긴 남자 한 명과 앳된 얼굴의 청년 한 명이 송이 침대 가까이 다가왔다.

"광진경찰서 사이버 범죄 수사팀 김철중입니다. 한송이 양, 맞나요?"

험상궂은 아저씨가 경찰수첩을 보여주며 물었다. 경찰이라니? 설마 날 잡으러 온 거야?

"우리 딸이 한송이는 맞는데, 왜 그러시죠?"

엄마가 어안이 벙벙한 얼굴로 묻자 김 형사는 자초지종을 설명했다.

"송이 양이 사이버 범죄에 연루된 것 같습니다. 오늘 해화고 학생 한 명이 옥상에서 뛰어내리는 사고가 있었어요. 어떤 어플에서 시작된 루머 때문인데 그걸 퍼뜨린 사람을 찾는 중에 송이 양 이름이 나왔습니다.”

“네? 아니, 그게 무슨….”

엄마가 송이와 김 형사를 번갈아 보았다. 이해되지 않는다는 표정이다.

“우리 딸이 소문을 퍼뜨렸다는 말씀이신가요?”

“네. 그래서 확인차 조사를 나왔습니다. 실례가 안 된다면 송이 양 핸드폰을 잠깐 확인할 수 있을까요?”

엄마가 송이를 물끄러미 바라보았다. 얼른 핸드폰을 드리라는 듯.

“나 핸드폰 집에 두고 왔는데… 보다시피 갑자기 쓰러져서요.”

송이가 태연한 얼굴로 말했다. 핸드폰은 송이 엉덩이 밑에 깔려 있었다.

“형사님. 조사 중인 건 알겠지만 지금 우리 애가 좀 아파서요. 나중에 하면 안 될까요?”

엄마의 말에 김 형사는 미심쩍은 표정을 지으면서도 어쩔 수 없다는 듯 알겠다고 답했다.

“떨어진 학생이 많이 다친 모양이에요. 안 그래도 이 병원에 입원해 있다던데, 한 학교에서 두 명이나 병원 신세라니

참 안타깝네요."

김 형사가 혀를 끌끌 차더니 송이의 핸드폰 번호를 수첩에 받아 적고는 자리를 떠났다. 겨우 위기를 모면했지만 자꾸만 심장이 벌렁거렸다. 아무것도 모르는 엄마는 이게 무슨 일이냐며 옥상에서 떨어진 아이를 걱정했다.

"엄마… 걔, 많이 다쳤을까?"

송이가 떨리는 목소리로 물었다.

"그랬겠지. 옥상에서 떨어졌다는데. 에휴, 사이버 범죄라니. 요새 애들 인터넷 너무 많이 해서 문제야. 그 조그만 핸드폰에 세상이 다 들어가 있으니 그게 전부인 줄 알지. 툭하면 단톡방에서 뒷담화나 하고 악플 쓰고. 송이 너도 그러는 거 아니지?"

엄마의 질문에 송이는 고개를 돌렸다. 직접적으로 누구를 욕한 적은 없지만 송이는 이제야 깨달았다. 내 욕심을 채우려고 누군가의 아픔을 이용하는 건 그 어떤 일보다 잘못된 행동이라는 걸.

그날 밤, 퇴원한 송이는 침대에 누워 '사이버 범죄 형량'이나 '촉법소년', '말로 사람을 죽일 수 있나요?'와 같은 내용을 검색했다. 죄다 무섭고 어려운 말들뿐이라 마음이 더 무거워졌다. 이제 어떡하지? 이미 22주 치를 결제해 버려서 캐릭터 체인지를 멈출 수도 없는데.

'생각해 보면 이상하단 말이야. 내가 '모두의 교실'에 글을 쓴 것도 아닌데, 왜 내 닉네임으로 글이 올라갔을까?'

송이는 이제껏 궁금해하면서도 한 번도 묻지 않았던 질문을 던졌다. 왜 내가 쓴 글처럼 올라왔지? 그리고 어떻게 비밀 쇼핑몰에 쓴 글이 '모두의 교실'에 올라온 거야?

송이는 '모두의 교실'에 접속해서 '내가 쓴 글' 목록을 다시 읽어보았다. 해킹을 당한 건가? 아니면 해킹을 하지 않아도 되는 사람인가? 그렇다면, 관리자? 관리자밖에 없어. 모든 걸 알고 통제할 수 있는 사람은.

어플에 들어가 이것저것 뒤져보았다. 하지만 관리자의 이름은 어디에도 나와 있지 않았다. 처음 이 어플을 다운받은 건 애들 사이에 떠도는 링크를 통해서였다. 인터넷에서 다시 그 링크를 찾아보았다. 그러자 'RED DIAMOND'라는 인물의 블로그가 나타났다.

"레드… 다이아몬드?"

맞아. 쇼핑몰 링크 작성자도 레드 다이아몬드였어. 설

마…? 그때 문이 열리더니 엄마가 생크림 케이크 한 조각을 들고 나타났다. 케이크 위에는 체리 1개가, 접시에는 5개가 놓여 있었다.

"아빠가 너 쓰러진 거 듣고 놀라서 케이크 사오셨어."

"이 체리들은 뭐야…?"

"너 체리 좋아하잖아. 어렸을 때 케이크 위에 있는 체리 너 혼자 다 먹겠다고 울고불고 떼쓰고 난리 치고. 그러니까 너 다 먹어. 체리가 몸에 그렇게 좋대. 과일의 다이아몬드라나?"

엄마의 말에 송이의 온몸에 솜털이 곤두서는 것 같았다. 레드 다이아몬드가 빨간 체리였어! 그렇담 캐리체인 비밀 쇼핑몰과 '모두의 교실' 운영자는 같은 사람이야! 역시나! 그렇지 않고서는 이런 일이 있을 수가 없지!

송이는 자리에서 벌떡 일어나 컴퓨터 앞에 앉았다.

"또 컴퓨터야? 오늘은 그냥 빨리 자라니까."

엄마의 잔소리가 또 발동 걸리려 했지만 송이의 귀엔 아무것도 들리지 않았다.

"알았어, 엄마. 이것만 확인하고. 학교 숙제 있는 걸 깜빡해서."

송이의 말에 엄마는 한 번 더 일찍 자라고 당부한 뒤 케이크를 송이 앞에 갖다주었다. 송이는 좋아하는 케이크를 먹을 생각도 하지 못하고 다시 쇼핑몰 대화창에 들어갔다.

> 백짬뽕 : '모두의 교실' 관리자가 너지? 지금 큰일났어.
>
> 경찰이 날 쫓고 있다고!

메시지를 보낸 지 얼마 되지 않아 답이 왔다.

> Boss♥Cherry : So What?
>
> 나는 경기장만 깔아줬을 뿐, 플레이를 한 건 너야.

> 백짬뽕 : 거짓말! 처음엔 비밀이 밝혀질 거라고 말하지 않았잖아!
>
> 그 얘기만 해줬어도 이런 일은 없었을 거야!
>
> 대체 나한테 왜 이러는 거야!

> Boss♥Cherry : 이봐, 약관도 제대로 읽지 않고 동의한 건 너잖아?
>
> 그리고 처음엔 몰랐어도 그 뒤로 알면서도
>
> 비밀을 판 건 너야. 남 탓은 노노야.

"웃기지 마!"

송이는 분에 못 이겨 소리를 꽥 질렀다. 비밀이 가격이라
며! 애초에 그것부터가 이상하잖아. 이건 내 잘못이 아냐. 다
너 때문이라고. 흑흑흑. 어느새 송이의 눈에서 눈물이 흘러
내리고 있었다. 금방이라도 형사들이 들이닥쳐 자길 체포할
것만 같았다.

띠링~
다시 채팅창 알림이 울렸다.

> Boss♥Cherry : 같은 상황이라도 모두가 똑같은 선택을 하는 건 아냐.

체리는 이 말을 끝으로 채팅창을 나가버렸다. 동시에 쇼핑
몰 화면이 지지직거리더니 형형색색의 소용돌이가 화면 밖
으로 튀어나올 듯 휘몰아쳤다. 송이가 넋이 나가 화면을 보
는 사이 컴퓨터가 툭 꺼져버렸다.

"같은 상황이라도 모두가 똑같은 선택을 하는 건 아냐."

송이의 머릿속에서 그 말이 멍하게 울려 퍼졌다. 맞아. 서아는 끝까지 내가 백짬뽕이라는 걸 아이들에게 말하지 않았어. 주미도 남의 비밀을 파헤치기보단 캐릭터 체인지를 포기했고. 그에 비해 난 서아를 의심받게 한 주제에 제대로 사과도 하지 않았지. 주미는 외모만 보고 무시했고. 정작 나는 외모로 판단 받기 싫어하면서…. 아아, 난 정말 끔찍한 인간이야.

송이는 체리 케이크를 멍하니 바라보았다. 와그작. 체리를 한 입 베어 물었다. 쓰다. 그토록 좋아하던 체리가 너무너무 써서 눈물이 나올 정도였다. 송이는 체리를 끝까지 씹었다. 체리즙이 입 밖으로 흘러나왔다. 눈물과 뒤섞여 마치 피를 토하는 것 같았다.

"이럴 줄 알았으면 안 했을 거야. 이럴 줄 알았으면, 이럴 줄 알았으면…."

잠시 흐느끼며 생각했다. 처음에 비밀이 밝혀진 건 내 의도가 아니었지만 그 뒤로는 내 의도였어. 내가 한 행동에 내가 책임을 지는 게 옳아.

눈물이 흐르고 흘러 더 이상 나올 눈물도 없을 때까지 울고 나자 조금은 개운해진 것 같았다. 송이는 쓰디쓴 체리 씨를 뱉었다. 이제 다른 걸 뱉어낼 차례였다.

왕따 무기징역 탕탕탕!

다음 날 아침, 송이는 정말이지 그 어느 때보다도 학교에 가기 싫다고 생각하며 침대에서 일어났다. 몸은 천근만근이고, 마음은 그보다 백배는 더 무거웠다.

송이는 느릿느릿 화장실로 가 세수를 했다. 눈은 퉁퉁 부었고 입술은 부르텄다. 그 예쁘던 얼굴이 더 이상 예뻐 보이지 않았다.

"엄마, 나 전학 가면 안 돼?"

송이가 아침상을 차리던 엄마에게 물었다. 엄마는 무슨 뚱딴지 같은 소리냐며 무시했다. 엄마, 지금은 그렇게 말하겠지만 나중엔 엄마가 먼저 전학 가라고 할걸? 엄마 딸 사이버 범죄자 되기 일보직전이라고.

"너 모의고사 성적 엄청 올랐더라? 기특해~ 아주 이뻐!"

엄마가 송이를 보며 환하게 미소 지었다. 엄마 미안. 이젠 그것도 불가능할 거야.

"엄만 내가 공부만 잘하면 되지? 공부만 잘하면 내가 어떤 사람이건, 학교에서 왕따를 당하건 말건, 내 마음이 죽을 것 같이 힘들건 말건 그냥 다 예쁘고 좋지?"

송이가 눈물을 글썽거리며 말하자 엄마가 깜짝 놀라 송이를 안아주었다.

"그게 무슨 소리야~ 엄마는 송이가 어떤 사람이든 사랑해. 네가 못났건 잘났건, 공부를 잘하건 못하건 그거 하나만큼은 절대 변함없어."

그 말에 송이는 엄마를 꽉 끌어안고는 엉엉 울었다. 왜 이제야 알았을까. 송이가 어떤 모습이든 처음부터 끝까지 변함없는 사람이 있었다는 걸. 그래, 내가 아무리 못나도 누군가는 내 진짜 모습을 사랑해 줄 거야. 송이의 마음에 아주 조금은 현실을 마주할 용기가 생겨났다.

1학년 3반 교실 앞. 송이는 문 앞에 잠시 멈춰서 교실을 살펴보았다. 아이들은 여느 때와 다를 바 없어 보였다. 딱 하나, 유리랑 서아가 꼭 붙어 있다는 것 빼고는. 지난번 일로 두 사람이 완전히 원수가 됐었는데 오늘은 절친이 따로 없다. 아마 오해가 풀려서 그런 거겠지. 내가 없으니 모든 게 제자리로 돌아왔구나.

"저기, 안 들어가?"

누군가 작게 속닥이듯 말했다. 돌아보니 주미였다. 주미는 여느 때처럼 눈까지 가린 앞머리를 하고 있었다. 하지만 오늘은 보인다. 가냘픈 앞머리 사이로 보이는 주미의 눈동자가. 밝은 갈색이다. 예쁘네. 송이는 생각했다.

"몰랐는데 너 눈동자 색이 참 예쁘구나."

"어?"

송이의 말에 주미의 볼이 발그레해졌다. 생전 처음 칭찬을 들어본 사람마냥.

송이는 다시 한번 용기를 내 교실 문을 열었다. 하필이면 애들이 조용해진 타이밍에 문이 열려 모든 시선이 집중되었다. 아이들은 냉소적인 눈빛으로 송이를 바라보았다. 이전의 선망과 동경 어린 눈이 아니었다. 차갑고 날 서고 무섭고 교

묘했다.

알고 있다. 용서받을 수 있는 죄가 아니라는 걸. 송이는 고개를 푹 숙인 채 자리로 향했다.

"여기 네 자리 아냐."

송이가 의자에 앉으려 하자 유리가 팔을 뻗어 막았다.

"뭐?"

"비켜. 내 자리야."

주희가 송이의 어깨를 밀치며 튀어나왔다. 그러고 보니 송이의 물건이 모두 원래 자리로 돌아가 있었다.

"네가 백짬뽕이라는 거, 다 밝혀졌어."

유리가 싸늘한 목소리로 송이에게 말했다. 주희에게 절교를 선언했던 그때와 똑같았다.

"내가 말할 땐 다들 안 듣더니만. 역시 내 생각이 맞았어."

주희가 영역 표시를 하듯 책상 위에 필통과 책을 올려놓으며 말했다.

"내 성형 사실 아는 사람 너뿐이었잖아. 유리 부모님 이혼도 서아한테 들었다면서?"

송이가 서아를 바라보았다. 서아가 송이의 시선을 피했다.

"그리고 너 또래 상담부 상담일지 훔쳐봤지?"

주희가 마치 탐정이라도 된 것마냥 송이에게 삿대질을 했다.

"서윤 선배가 그러더라. 네가 상담받겠다고 찾아왔는데 이상한 소리만 늘어놨다고. 아마 그날 너는 상담부 사물함 비밀번호를 알아냈을 거야. 그런 다음 일지를 몰래 훔쳐본 뒤 '모두의 교실'에 퍼뜨린 거고. 맞지?"

주희가 다그쳤다. 송이는 아무 말도 하지 않았다. 그저 한시라도 빨리 이 모든 게 지나가기만을 바랐다.

"왜 대답이 없어? 대답해, 한송이!"

"그만해. 취조하라고 얘기한 거 아냐."

서아가 주희를 말리며 송이의 눈치를 보았다.

"취조는 형사님들이 하시겠지 뭐."

유리가 시큰둥한 어조로 툭 내뱉었다. 유리와 친하게 지냈던 모든 시간이 거짓말처럼 느껴질 정도로 무심하고 차가운 말투였다.

와, 진짜로 한송이가 백짬뽕이 맞나봐. 천하의 한송이가 한순간에 나락으로 떨어지는구나. 세상에 믿을 사람 없다더니 너무 무섭다. 한송이 쟤 얼굴 다 뜯어고친 거래. 진짜? 사기캐가 아니라 사기꾼이었구만! 알고 보면 쟤 아빠도 사기꾼인 거 아냐? 그러니까 저 어린 나이에 사기를 치지. 크크크… 키득키득….

　뒤에서 수군거리는 소리가 선명하게 송이의 뒤통수에 달라붙었다. 왜 귓구멍엔 문이 없는 건지, 그 소리는 고스란히 송이의 고막으로 가 아프도록 쿡쿡 찔러댔다.

　송이는 조용히 맨 앞자리로 가서 앉았다. 의자 주변엔 쓰레기가 가득했고 책상 위엔 빨간 펜으로 온갖 악담들이 쓰여 있었다. 옆자리 용우도 송이를 힐끔 쳐다보더니 바로 뒷자리 친구랑 쑥덕거렸다. 얌전한 고양이가 부뚜막에 먼저 올라간다잖아. 아, 좋아했는데 정 털림.

　송이가 귀를 막고 눈을 감았다. 그러면 좀 나아질 줄 알았는데 하필이면 성격 설정을 N으로 해서 머릿속에 상상 퍼레이드가 이어졌다.

　"피고 한송이 양은 친구 기만죄, 비밀 유포죄, 말로 사람을 죽일 뻔한 죄, 거짓된 모습으로 사랑받으려 한 죄를 지었으므로 왕따형 무기징역을 선고합니다. 탕탕탕!"

　영국 귀족이 쓸 법한 하얀 가발을 쓴 주희가 판사 봉을 들고 탕탕탕 내려쳤다. 친구들은 모두 높은 기둥 위에서 송이를 내려다보며 낄낄 웃었다. 유리도 하찮다는 듯 송이를 내려다보고 있었다. 송이는 시궁창 같은 콘크리트 바닥에 누워 넝마 차림으로 하염없이 울었다. 더 이상 물러날 곳이 없다. 송이는 이제 영원히 친구를 사귈 수 없을 것이다.

쉬는 시간, 송이는 화장실로 대피했다. 학교에서 유일하게 마음 편한 곳이다. 한 평 남짓한 좁은 칸은 한 사람이 들어가기에도 비좁다. 그래서 안심이 된다. 여긴 나만 있을 수 있으니까. 게다가 휴지까지 제공해 준다. 송이는 도톰한 두루마리 휴지가 헌신짝이 되도록 코를 풀었다.

그러고 수업 시간 종이 울리면 조용히 교실로 돌아간다. 다시 수업이 끝나면 화장실로 대피, 울다 지치면 벽에 쓰인 낙서를 읽었다. 화장실 낙서는 인터넷 게시판 오프라인 버전이나 다름없었다. 별 쓸데없는 말들이 여기저기 널브러져 있는데, 때때로 대댓글이 달리기도 했다.

안톤 내꺼♡
ㄴ 웃기시네 내 거임.

명진아 궁뎅이 오리 궁뎅이.

ㄴ, 배예나 가슴 짝가슴.

하동윤 쌤 잘생김.

ㄴ, 이일혜 쌤 바보.

찬찬히 낙서를 읽어나가던 그때 모서리에 작게 쓰인 글자가 눈에 띄었다.

여기서 벗어나고 싶다.

매직펜이 바랜 거 보니 꽤 오래된 낙서 같아 보였다. 나 같은 사람이 또 있었구나. 송이는 이름 모를 누군가가 써놓은 문장에 씁쓸한 위안을 얻었다.

다음 쉬는 시간, 그다음 쉬는 시간에도 송이는 화장실에 처박혀 있었다. 밖에서 이 칸은 계속 사용 중이라며 누가 변비 걸린 거 아니냐는 말도 나왔다.

화장실에 내리 있어 보니 이곳이 소문의 온상이라는 생각이 들었다. 옆 반 철수가 어쨌다더라, 저 반 영희가 저쨌다더

라. 온갖 카더라 소문들이 일파만파 화장실 벽을 타고 퍼져
나간다. 가령 누가 변비에 걸린 거 아니냐는 말은 사회 쌤한
테 변비가 있다는 말로 이어졌고, 사회 쌤이 변비가 생긴 이
유는 혹시 거식증 때문이 아니냐는 말로 이어졌다. 사회 쌤
이 많이 마르긴 했지만 거식증은 전혀 근거 없는 말이었다.
하지만 그 말이 화장실을 벗어나는 순간 사회 쌤 거식증이
래, 라는 말로 기정사실화되고 그 말은 결국 사회 쌤 귀에 닿
을 때까지 아이들 입에 오르내린다. 사회 쌤은 반마다 돌며
헛소문이라고 해명해야 할 것이고 교무실에선 사실이든 아
니든 아이들에게 그릇된 다이어트를 조장한다며 경위서를
쓰라고 하겠지.

송이는 자기가 하던 행동이 바로 이런 것들이었다는 걸 다
시금 깨달았다. 내 입이 화장실이었다니. 땀으로 축축해진
이마를 쓸어내렸다.

점심시간. 송이는 밥도 거르고 엎드린 채 노래만 듣고 있
었다. 그때 누군가 송이의 곁으로 다가왔다. 송이는 애써 모
른 체했다. 누가 또 따지러 온 거겠지.

"일어나서 나 따라와."

이 목소린? 송이가 살짝 눈을 치켜 떠보니 서아가 송이를 내려다보고 있었다. 뭐지? 혹시 만화에서나 보던 옥상으로 따라와, 시추에이션인가? 갔는데 16:1로 달려들면 어떡하지.

걱정하는 사이 서아는 이미 교실 문을 나서고 있었다. 송이는 홀린 듯 일어나 서아의 뒤를 따라나섰다.

서아가 도착한 곳은 다름 아닌 상담실이었다. 서아가 너무 조용해서 송이의 마음은 더 불안하기만 했다.

서아는 상담실 불을 켜더니 송이에게 문을 꼭 닫으라고 했다. 그러더니 자리에 앉으라고 턱짓을 하고는 회전식으로 바뀐 사물함 자물쇠를 열었다. 서아는 사물함에서 상담일지를 꺼내 송이에게 건넸다.

"뭐, 뭐야?"

"120페이지 읽어봐."

송이가 파일을 열어 120페이지를 찾았다. 거기엔 주희의 상담일지가 적혀 있었다.

방주희. 첫 번째 상담. 고민 – 친구관계.

오랜 절친이었던 친구에게 거짓말을 하고 있음.

양심에 찔리지만 이렇게 하지 않으면 발전할 수 없다고 생각함.

방주희. 두 번째 상담. 고민 - 친구관계.

가끔 옛 친구가 그리움. 용서를 빌고 싶지만 용기가 나지 않음.

방주희. 세 번째 상담. 고민 - 친구관계.

모두에게 약점이 밝혀져 심적으로 매우 괴로움.

옛날 같았으면 절친에게 고민을 털어놨겠지만 이젠 그럴 사람도 없음.

모두가 밉지만 나 자신이 제일 미움. 다 내 잘못 같아서 너무 힘듦.

"주희 말이야. 말로는 널 미워해도 여전히 그리워하고 있어."

서아가 말했다.

"아 참, 이거 주희한테 허락받은 거야. 또 오해할까 봐. 내가 허락도 없이 남 얘기 한다고."

"아냐, 나 너 그렇게 생각한 적 없어."

송이가 손사래를 치며 말했다.

"그날 네가 한 말 다시 생각해 봤어. 넌 일부러 내게 유리의 약점을 알려줬어. 유리가 날 좋아해서 다행이라는 말에, 유리랑 나는 그렇게 다르지 않은 사람이라는 걸 알려주려고. 그래서 유리도 나도 상처받지 않게 하려고. 맞지?"

서아는 긍정도 부정도 하지 않았다. 그저 가만히 송이를 바라볼 뿐이었다.

"유리는 정말 밝고 예쁜 아이야. 하지만 때론 너무 해맑아서 상처를 주지. 그게 그 아이의 고유한 캐릭터야. 난 완벽한 유리만을 상상했었지만 말이야."

송이는 잠시 뜸을 들이더니 말을 계속 이었다.

"서아 너는 처음 봤을 땐 차갑고 냉소적으로 보였지만 상담실에서 지어준 네 미소 덕분에 마음이 편안해졌었어. 넌 강한 아이야. 인간이 싫다고 하지만 사실은 그 누구보다 사랑하기도 하고."

서아가 흥미롭다는 듯 눈썹을 치켜떴다.

"주희는…"

말을 하다 말고 피식 웃음이 새어나왔다. 어릴 적에 짱구 분장을 하고 놀았던 기억이 문득 떠올랐다.

"새침떼기 같지만 친해지고 나면 정말 재밌어. 망가지는 걸 두려워하지도 않고 친구가 고민이 있으면 언제든 달려와 얘기를 들어주는 따뜻한 아이야. 하지만 그동안 난 주희를 제대로 알지 못했던 것 같아. 내가 주희에게 상처를 줬고 그게 주희와 내가 멀어진 계기가 됐다는 걸 미처 모르고 있었거든."

송이의 입가에 미소가 번지다 다시 축 처졌다. 다시는 그때로 돌아갈 수 없을 거다. 가슴이 텅 빈 것만 같다.

"상담실 몇 번 들락거리더니 심리 분석가 다 됐네?"

서아가 피식 웃었다.

"아, 그렇다고 내가 너희를 다 안다는 말은 아냐. 오히려 모르는 걸 인정하게 됐어. 그래서 한편으론 마음이 조금 편안해졌어. 이젠 누구도 속단하지 않을 것 같거든."

"그렇다면 다행이고. 때로는 알려져야 할 비밀이 있기 마련이지. 바로 이것처럼."

서아가 일지를 가리켰다. 서아의 말이 맞았다. 주희가 감춰뒀던 이 마음이야말로 송이가 알아야 할 진심이었다.

"고마워, 서아야. 그리고 정말 미안해."

서아는 송이의 사과를 받아들였다. 그리고 처음 여기서 봤을 때처럼 따스한 미소를 지어주었다.

하교 시간. 송이는 바로 병원으로 향했다. 옥상에서 떨어졌다는 학생이 중환자실에서 일반 병실로 옮겨졌다는 소식을 들었기 때문이다. 송이는 꽃을 하나 사 들고 병실 문을 열었다.

작디작은 몸에 붕대를 칭칭 감은 소녀가 송이를 물끄러미 바라보았다. 두 사람은 오늘 처음 본 사이였다. 소녀의 창백한 얼굴 위로 노을이 아스라이 드리웠다.

"누구세요?"

소녀의 질문에 송이는 아무런 말 없이 꽃 한 송이를 건넸다. 솔직히 이 아이의 비밀이 뭐였는지 기억도 나지 않는다. 그럴 만큼 작다면 작은 일로 이 아이는 옥상에서 뛰어내렸다. 누군가는 곧바로 잊어버릴 그런 일로도 누군가는 목숨을 버리고 싶어 한다. 참 가엾은 일이다.

송이는 끝내 아무 말 없이 병실을 나왔다. 때마침 김 형사에게서 전화가 왔다. 송이는 결심한 듯 통화 버튼을 눌렀다.

"네, 지금 바로 조사받으러 갈게요."

인생은 새콤달콤 체리 맛

처음은 항상 소중하다. 첫눈, 첫사랑, 첫 만남, 하지만 때로는 처음이 없었으면 하는 경험도 있다. 적어도 경찰서에서 '사실적시 명예훼손'(구체적인 사실을 공공연하게 밝혀 타인의 명예를 훼손하는 죄) 혐의로 조사를 받는 경험은 누구도 하고 싶지 않을 것이다.

"그러니까, 쇼핑몰에서 캐릭터 변신을 해주는 대가로 남의 비밀을 알려달라고 했다고?"

어둡고 무서운 취조실에서 진행될 줄 알았던 조사는 예상과 다르게 형광등이 환한 김 형사님 자리에서 진행됐다. 김 형사는 도무지 송이의 말을 믿을 수 없다는 표정을 지었다. 송이의 보호자로 같이 온 엄마는 팔짱을 낀 채 연신 한숨만 쉬어댔다. 그저 송이의 상상일 뿐이라는 듯 고개를 설레설레 저으면서.

"캐릭터 변신이라니. 형사님, 송이는 늘 제가 보던 모습 그대로였어요. 지금 얘가 혼자 꿈꾼 얘기를 하고 있는 거라니까요?"

"어머님, 마음은 이해하지만 조사해 보니 송이가 말한 쇼핑몰을 실제로 이용한 학생들이 몇 있더라고요. 심지어 캐릭터 변신이 가능하다고 한 학생도 한 명 있었습니다. 저도 믿기진 않지만 따님이 혼자 꿈꾼 얘기 같지는 않아요."

김 형사의 말에 엄마는 말문이 턱 막혔다. 그게 진짜 있을 수 있는 일이라고?

"계속 말해보렴."

"네. 그리고 다음 날 아침에 제가 쓴 비밀이 '모두의 교실'에 올라왔어요."

송이는 증거를 보여주려고 핸드폰으로 초대 코드를 스캔했다. 그런데 어째선지 인터넷 접속이 원활하지 않았다. 방금까진 괜찮았는데. 결국 한참을 씨름하던 송이는 '모두의 교실' 어플로 들어가 쇼핑몰 링크를 찾으려 했다.

"비밀 쇼핑몰은 접속이 안 되지만 일반 쇼핑몰은 아직 남아 있을 거예요. 어? 뭐지?"

이상하다. 어플 자체가 사라져 있었다. 지운 적이 없는데, 이렇게 감쪽같이 사라질 수 있나? 이렇게 된 이상 다시 레드 다이아몬드의 블로그에 들어가 어플을 다운받을 수밖에 없다. 다행히 블로그는 쉽게 찾을 수 있었다. 다만 '모두의 교실' 다운로드 링크는 더 이상 지원되지 않는다는 안내문이 적혀 있을 뿐이었다.

"말도 안 돼. 어제까진 됐으면서!"

체리의 짓일 거다. 날 골탕 먹이고 꼬리를 자르려고…!

"학생. 허위 사실이든 팩트든 남의 얘기를 함부로 퍼뜨리는 건 아주 무서운 죄야. 학생 때문에 그 어린 학생이 죽으려고 했다고. 알아들어?"

"네… 그렇지만 제가 한 말은 다 사실이에요. 이 레드 다이아몬드라는 사람을 추적해 보세요. 또 같은 피해가 일어나면 안 되잖아요."

송이가 김 형사에게 핸드폰을 보여주며 말했다.

"레드 다이아몬드?"

"쇼핑몰 운영자 보스 체리랑 동일 인물이에요."

"그러니까 학생 말은 체린지 다이안지 하는 놈이 시켜서 그랬다?"

"네. 하지만 제 잘못이 없다고 생각하진 않아요. 정말 깊게 뉘우치고 있어요. 벌을 받아야 한다면… 달게 받겠어요."

송이가 눈을 질끈 감으며 말했다. 이대로 내 손목에 수갑이 채워지는 건 아니겠지. 엄마, 살려줘. 머릿속에 차디찬 쇠창살의 감옥에 갇히는 장면이 떠올랐다.

"안 그래도 '모두의 교실' 운영자가 수상해서 찾고 있는 중이야. 그런데 이상하게 IP도 추적이 안 되고, 찾으려고 하면 바로 기계가 먹통이 되더구나. 솔직히 네 말을 믿긴 어렵지만, 그놈이 보통 놈이 아닌 건 분명한 거 같다."

김 형사의 말에 송이는 소름이 돋았다. IP 추적이 안 된다고? 진짜 사람이 아닌 거 아냐?

"일단 상황은 이해했으니까 오늘은 그만 돌아가도록 하렴. 또 조사가 필요하면 부르마."

송이의 상상과는 다르게 첫 번째 조사는 이렇게 끝났다. 송이는 후련하면서도 찝찝한 기분으로 집에 돌아왔다.

진이 다 빠진 송이는 침대에 쓰러지듯 누웠다. 그때 갑자기 핸드폰이 켜지더니 아까는 그렇게 접속이 안 되던 비밀 쇼핑몰 화면이 떴다. 송이는 바로 핸드폰을 들어 확인했다.

VIP 백짬뽕 고객님~

캐리체인 비밀 쇼핑몰에 다시 오신 걸 환영합니다♥

원하시는 버튼을 선택해 주세요.

예전에는 없던 버튼이 생겼다. 환불이라는 게 있었으면 진작 했을 텐데. 송이는 조금도 고민하지 않고 '환불' 버튼을 눌렀다. 그러자 빨간 글자와 함께 '※주의. 환불을 하실 경우 모든 체인지가 리셋되고 아무도 당신의 체인지된 모습을 기억하지 못하게 될 겁니다. 그래도 하시겠습니까?'라는 안내가 나왔다.

"네! 네! 네!"

송이가 지긋지긋하다는 듯 확인 버튼을 연타로 눌렀다. 그러자 잠시 로딩 화면이 이어지더니, **'초대장을 찢으면 환불이 완료됩니다.'**라는 말을 끝으로 쇼핑몰 화면이 툭 꺼져버렸다. 송이는 당장 가방에서 초대장을 꺼내 갈기갈기 찢었다. 속이다 시원하다. 다시는 이 큐알 코드를 보고 싶지 않다.

"아… 어지러워."

갑자기 세상이 빙글빙글 돌았다. 송이는 비틀거리더니 그대로 침대에 고꾸라졌다.

다음 날 잠에서 깼을 땐 송이의 몸은 한층 더 무거워져 있었다. 다리는 짜리몽땅했고 피부는 거칠어졌으며 손가락 마디는 두툼하고 배는 3자로 튀어나왔다.

"으… 머리 아파."

머리를 지그시 누르며 자리에서 일어났다. 거울을 힐끗 보니 송이의 얼굴이 복어처럼 퉁퉁 불어 있었다. 원래 알던 그 모습 그대로였다.

솔직히 아쉽지 않다면 거짓말이다. 막 일어나도 뽀송하고 완벽했던 송이가 살면서 그리울 때가 분명 있을 것이다. 그래도 송이의 마음은 어제보다 훨씬 가벼워졌다.

'진짜 다 리셋된 건가?'

당장 핸드폰을 켜 블로그를 검색했지만 찾을 수 없었다. 심지어 방문 기록도 사라져 있었다. 통화 목록에 있던 김 형사님 번호도 없다. 말도 안 돼. 설마 전부 꿈이었나?

송이는 핸드폰 사진첩을 열어 빠르게 스크롤을 올렸다. 없다. 유리와 찍은 사진도, 연지랑 찍은 사진도 하나도 없다. 옷장을 열어 가방을 확인하니 키링은 그대로 있었다. 확실히 꿈은 아니라는 증거다. 이제 나 어떻게 되는 거지? 송이는 알쏭달쏭한 기분에 휩싸여 잠시 멍하니 서 있었다.

1학년 3반 교실 앞. 송이는 마치 올림픽 경기에 출전하는 수영 선수처럼 숨을 깊게 들이마셨다. 괜찮아, 한송이. 각오한 거잖아. 괜찮을 거야.

드르륵 탁!

송이가 문을 열자 무서울 정도로 쌩한 무관심이 송이를 덮쳐왔다. 송이는 차라리 잘됐다 싶으면서도 자신이 백쌈뽕이라는 사실을 아이들이 여전히 기억할까 두려웠다.

"저기, 여기 내 자리야."

종찬이가 송이 자리에 떡하니 앉아 용우와 장난치고 있었다. 종찬이는 송이의 말이 들리지도 않는지 의자가 들썩거릴 정도로 깔깔 웃는 중이었다.

"내 자리라니까."

송이가 종찬이의 옷깃을 잡고 말하자 그제야 종찬이가 송이를 돌아보았다.

"아 씨, 드러워."

종찬이는 인상을 잔뜩 찌푸리더니 송이가 잡은 옷깃을 탁탁 털며 일어났다.

가슴이 아팠다. 불과 지난주만 해도 모든 아이들의 관심과 인기를 독차지하던 나였는데. 틈만 나면 힐끔힐끔 쳐다보던 용우도 이젠 송이를 거들떠보지 않았다.

송이는 고개를 돌려 유리를 보았다. 주희와 유리는 서로 화장해 주며 히히덕거리고 있었다.

"애들아~ 누가 나보고 코 성형했냐는데 진짜 그래 보여? 어쩌지~ 이왕 오해받은 김에 진짜 할까?"

주희가 눈 하나 깜짝하지 않고 능청스럽게 거짓말을 했다. 정말 모든 게 리셋됐나 보다. 송이는 주희의 일에 더 이상 신경 쓰고 싶지도, 신경 쓰이지도 않았다. 이젠 남 얘기에 관심 갖고 싶지 않아. 남의 시선에 날 맞추고 싶지도 않고.

하지만 곧 쉬는 시간이 찾아오자 송이의 마음은 달라졌다. 혼자 교실에 덩그러니 남아 있자니 너무 외로웠던 것이다. 화장실로 도망치려고 나오던 송이는 뜻밖의 인물과 마주쳤다.

"어, 너…!"

송이는 그 자리에서 굳어버렸다. 옥상에서 뛰어내렸다던 바로 그 아이였다. 붕대를 칭칭 감고 공허한 눈을 하고 있던 그때와는 너무 다른 모습이다. 아이는 생기 넘치는 눈에 가늘고 곧은 팔다리를 가지고 있었다. 겉으로 보기엔 어마어마한 비밀을 품은 사람처럼 보이진 않았다.

"날 아니?"

아이는 송이를 의아하게 바라보았다.

"아, 아니. 내가 아는 사람이랑 닮아서."

송이는 아이의 이름표를 슥 보았다. '이지민'.

다행이야, 지민아. 무사해서.

지민이는 송이를 갸우뚱하고 바라보더니 맞은편에서 오던 친구들을 만나 자기 반으로 신나게 뛰어 들어갔다. 그 모습을 보니 왠지 한결 마음이 놓였다.

송이는 화장실을 가려던 발걸음을 돌려 다시 반으로 돌아왔다. 송이의 눈에 주미의 뒤통수가 밟혔다. 오늘도 홀로 모바일 게임에 열중하는 중이었다. 예전엔 자기와 많이 다른 사람이라고 생각했지만 오늘은 왠지 주미를 알아보고 싶다는 마음이 들었다.

"주미야. 너 하야네짱 좋아하지?"

"어? 어떻게 알았어?"

"알지~ 코스프레 할 정도로 좋아하잖아."

송이가 씩 웃자 주미도 얼떨떨해하다 어색하게 미소를 지었다.

주미는 말주변도 별로 없고 썩 재미있는 아이는 아니었다. 그래도 계속 대화하다 보니 귀엽고 순수한 매력이 있었다. 좋아하는 취미에는 눈을 반짝이며 하루 종일 떠들 수 있는 열정적인 아이였고, 바리바리 싸 온 간식을 친구에게 마구 나눠줄 정도로 마음도 넓었다.

"먹을래? 체리 맛이야."

주미가 송이에게 빨간 체리 모양의 젤리를 건넸다.

"체리…."

송이는 젤리를 한입에 삼켰다. 새콤달콤하다. 송이의 지난 두 달이 이랬다. 새콤하지만 달콤했고 달콤하지만 새콤했다.

"체리가 몸에 그렇게 좋대. 과일계의 다이아몬드라나."

"그래? 몰랐네."

송이와 주미는 동시에 웃었다. 혹시 주미도 보스 체리를 기억하고 있을까? 그럴 수도 있다. 내 기억 속에도 보스 체리와 나눈 대화가 선명하게 남아 있으니까.

"치사하게 너희만 먹냐?"

두 사람 곁을 지나치던 서아가 손을 내밀었다. 의외의 인물이 다가오자 놀란 주미가 살짝 당황한 기색을 보였지만 이내 가방을 탈탈 털어 서아 손에 젤리를 한가득 담아 주었다.

"이걸 나 혼자 먹으라고? 장유리! 방주희! 와서 젤리 먹어!"

"젤리? 나도 나도!"

유리가 토끼처럼 깡충깡충 뛰었다. 송이와 눈이 마주친 주희는 마지못한 표정으로 쭈뼛거리며 다가왔다. 서아가 그런 주희를 보고 피식 웃었다.

"어? 너 프링프링 프린세스 좋아해?"

유리가 주미의 핸드폰 배경화면을 보고 반가운 듯 외쳤다.

"응! 너도?"

"나도 완전 좋아하지~!"

유리와 주미는 곧 덕후들만 알 수 있는 대화로 웃음꽃을

피웠다. 서아는 젤리를 고양이처럼 오물오물 씹었고 주희는
내키지 않는 얼굴로 젤리 비닐을 까고 있었다.

"아이, 왜 이렇게 안 돼."

주희가 중얼거렸다.

송이는 바로 자기 젤리와 주희의 젤리를 바꿔주었다. 주
희가 흠칫 놀란 얼굴로 송이를 바라봤다. 얘가 갑자기 왜 이
러지? 뭐 잘못 먹었나? 송이는 주희의 그런 시선을 느꼈지
만 개의치 않았다. 당장 주희와 잘 지내긴 어렵겠지만 한 발
짝 용기는 내고 싶었다. 주희의 비밀을 알고 있으니까. 나처
럼 서툴고, 미련하고, 솔직하게 말하기 부끄러운 주희의 비
밀을.

"맛있다."

송이는 젤리를 천천히, 아주 조금씩 음미했다. 모처럼 평
화로운 아침이 느릿느릿 흘러갔다.

♡예비 고객 절찬리 모집 중♡

여기까지가 그동안 내가 지켜봐 온 송이에 대한 이야기야. 이후로 어떻게 됐는지 궁금하다고? 글쎄, 과연 송이는 주희랑 화해할 수 있을까? 캐릭터 체인지를 또 하려고 하진 않을까? 후후, 그건 네 상상에 맡길게. 아마 송이는 앞으로 인생을 살면서 너희들과 크게 다르지 않은 선택을 하고, 크게 다르지 않은 후회를 하게 될 거야. 그래도 이 일을 통해 조금은 나은 선택을 할 수 있게 되겠지. 아, 오해하지는 마. 난 송이에게 뻔하디뻔한 교훈을 주기 위해 이 일을 계획한 게 아니니까.

178

나는 소문이야. 환상이고 거짓이지. 순진한 교훈보단 확실한 재미가 좋아. 아마 너희들의 마음속 깊은 곳에 자리한, 분명히 존재하지만 모두가 부정하는 바로 그 본심이 나일지도 몰라. 그러니까 나는 너희들이 숨기고 싶어 하는 '비밀' 그 자체인 거지.

그래서 난 너희들 안에 계속 존재하기 위해 이 모든 걸 계획한 거야. 그렇다고 내 탓은 하지 말길 바라. 난 너희의 소원을 들어주고 본심을 일깨웠을 뿐. 아름다워지고 싶고, 사랑

받고 싶은 게 죄는 아니잖아? 앞으로도 난 너희와 함께 계속 살아갈 거야. 누군가의 경험담으로, 소문으로, 또는 거짓된 환상으로, 가장 진실된 속마음으로.

　자, 이제 너의 이야기를 들려줄 차례야.

　초대장을 보낼 테니 나의 새로운 쇼핑몰에 들어와 줘.
　네가 원하는 건 모~두 가질 수 있어. 후후, 너라면 과연 어떤 선택을 하게 될까?

　그럼 나의 새로운 고객님을 기대하며 기다리고 있을게.
　쉿, 가격은 비밀이야. ♥